Doris Gercke
Die Insel

Doris Gercke

Die Insel

Galgenberg-Krimi

Galgenberg

CIP-Titelaufnahme der Deutschen Bibliothek
Gercke, Doris:
Die Insel : Galgenberg-Krimi / Doris Gercke. – 1. Aufl. –
Hamburg : Galgenberg, 1990
ISBN 3-925387-74-9

Lektorat: Susanne Wallbaum
Umschlaggestaltung: Andreas Gaube
Satzherstellung: macconzept, Hamburg
Gesetzt aus der Linotype-Garamond normal
Druck und Bindung: Ebner Ulm
1. Auflage November 1990
ISBN 3-925387-74-9

Hier lenkt der Wunsch die Schiffe leise
Zur leeren Bucht durch grüne Fluren,
Und süß ist es: Man spürt und weiß
Nichts von der Erde fernem Murren.

(Alexander Block)

Schöner noch
an einem Novembernachmittag
    vor der Küste Teneriffas
beim Surfing den Blick
    auf die schneebedeckte Kuppe
des Pico Teide zu richten
wissend daß die Aktien steigen.

(Uwe Timm)

Wieviel Geld haben wir?
Soviel wir wollen. Kein Limit.

Der Mann und die Frau lächelten einander an. Ein schönes Paar, hochgewachsen und schlank. Sie standen am Bug des Schiffes und betrachteten aufmerksam die kleine Stadt, die in der Bucht begann und nach ein paar hundert Metern endete, als habe sie keine Kraft mehr gehabt, die hinter der Bucht beginnenden Hügel hinaufzuklettern. Oben auf den Hügeln standen nur noch vereinzelt weiße Häuser. Von dort mußte man einen wunderbaren Blick auf das Meer haben.

Das Schiff hatte in der Bucht ein Wendemanöver ausgeführt, schob sich langsam rückwärts an die Kaimauer heran und ging längsseits. Der Mann und die Frau hatten genug gesehen und wandten sich zum Gehen. Am Niedergang zur Gangway drängten sich junge Leute. Sie trugen Rucksäcke. Die Männer hatten kurze Hosen an, die Mädchen weite Röcke und Sandalen. Der Mann und die Frau, die vom Bug des Schiffes aus das Panorama der Stadt betrachtet hatten, sahen einander an und verzogen angewidert ihre Gesichter. Sie gingen nicht weiter, sondern setzten sich auf eine der Holzbänke im Bug.

So ein Scheiß, hast du echt die Strohmatten liegengelassen?

Immer ich, kannst ja auch einmal selbst auf deine Sachen aufpassen. Immer müssen wir Frauen euren Dreck wegmachen!

Echt, das ist jetzt nicht in Ordnung von dir ...

Der Mann konnte nicht weitersprechen, weil er lachen mußte. Die Frau stimmte ein. Sie hatten den kleinen Dialog mit verstellter Stimme geführt und in jenem weinerlich-aggressiven Ton gesprochen, der, zugleich mit bestimmten Wörtern, Redewendungen und verballhornten Versatzstücken aus dem Vokabular der Psychotherapie, Einzug in die Umgangssprache der kleinbürgerlichen westdeutschen Mittelschicht gehalten hatte. »Beziehung« gehörte dazu, das Wort »offen« spielte eine wichtige Rolle. Auch »ich denke« wurde oft verwendet, nicht um diese durchaus wünschenswerte menschliche Beschäftigung zu bezeichnen, sondern als Einleitung für einen Satz, über dessen inhaltliche Leere mit einem bedeutungsvollen Klang hinweggetäuscht werden sollte. Soweit diese Sprache von Frauen benutzt wurde, galt sie unter den Sprechenden als Zeichen der durch die Frauenbewegung herbeigeführten, kulturellen Wende.

Die Frau betrachtete ihre schlanken Füße. Zwischen dem Saum der Hose und dem Leder der Schuhe waren ihre schmalen, braunen Fesseln zu sehen.

Ich hoffe, wir müssen nicht allzu viele Fußwege machen, sagte sie. Ich möchte mir ungern die Schuhe verderben.

Es wird schneller gehen als beim letzten Mal, antwortete er. Du hast die Stadt doch gesehen. Sie ist klein. Eine geniale Idee, hierher zu gehen. Hast du die Eingeborenen gesehen? Sie tragen ihre Habe in Kartons. Da, siehst du? Er wies mit dem Kopf zum Niedergang. Eine abgearbeitete, schwarz gekleidete, ältere Frau nahm einen mit Bindfaden verschnürten Karton in ihre Hände. Sie hatte ihn auf dem Kopf über das Schiffsdeck getragen, bevor sie die Gangway hinunterstieg.

Ja, sagte die Frau, reich sind sie hier nicht.

Sie sprach ein wenig abwesend, weil sie damit beschäftigt war zuzusehen, wie die Frau mit dem Karton nach einem ihrer Schuhe angelte, der an der Schwelle hängengeblieben war. Es war ein Schuh aus schwarzem Tuch mit einer ausgefransten Sohle aus geflochtener Jute.

Komm, wir gehen, sagte der Mann und erhob sich.

Die beiden waren fast gleich groß. Auf der Treppe und auf der Gangway ging er einen kleinen Schritt vor ihr. Als letzte verließen sie das Schiff, das trotz seiner Größe nur wenige Passagiere auf die Insel gebracht hatte.

Der Mann und die Frau ließen sich unten am Heck ihr Gepäck aushändigen. Es war nicht viel, ein mittelgroßer lederner Koffer und eine lederne Reisetasche, teuer und ohne Reklameaufdruck einer jener Firmen aus der Lederbranche, die einer bestimmten Schicht von Reisenden das Gefühl von Zugehörigkeit zu vermitteln suchten. Die Taxifahrer, die sich ihnen aufdrängten, wiesen sie mit freundlichen Worten ab. Wenig später betraten sie ihr Zimmer in dem einzigen Hotel, das es in der Stadt gab. Sie zogen sich um, erkundigten sich beim Portier, wo man gut essen könne, und gaben ein reichliches Trinkgeld für die überflüssige Auskunft. Es gab nur zwei Restaurants, und eines davon kam für sie nicht in Frage. Sie aßen und tranken gut, plauderten ein wenig mit dem Wirt, gaben »für den Koch« ein reichliches Trinkgeld und erklärten, das Essen sei wunderbar gewesen. Sie würden am nächsten Abend wiederkommen.

Den folgenden Tag verbrachten sie damit, in der Stadt und in der Umgebung der Stadt herumzuspazieren. Hin und wieder tranken sie in einer der vielen kleinen armseligen Bars ein Glas Wein, scherzten mit verwitterten alten Männern, die dort ihre langen Tage verbrachten, und beobachteten aufmerksam die Gewohnheiten der Menschen. Am Abend kamen sie, wie angekündigt, in das Restaurant. Zufällig war der Bürgermeister anwesend, der das Restaurant sonst nur zu besonderen Gelegenheiten betrat. Der Wirt stellte ihn vor, und sie luden ihn ein. Später, man hatte schon gegessen, kamen ein Schreiber aus dem Gemeindebüro und der Hafenkommandant dazu. Man verbrachte einen angenehmen Abend.

Die folgenden Tage vergingen wie der erste. Die Einwohner der kleinen Stadt gewöhnten sich an das Paar, das so anders war als die Rucksacktouristen, die sie kannten.

Sie waren anders, weil sie Geld hatten. Der Mann und die Frau waren auf die Insel gekommen, um für sich und ihre Freunde ein Haus zu kaufen. Ein Haus oder auch zwei, jedenfalls sollte es ein schönes Haus sein und nicht in der Stadt liegen, wo es laut war.

Vielleicht brauchen wir auch ein etwas größeres Grundstück, sagten sie, damit wir noch ein paar Häuser bauen können. Wir haben viele Freunde. Wenn es bei Ihnen gute Bauarbeiter gibt – sagten sie mit fragender Stimme und lächelten den Bürgermeister an, dem es zur Gewohnheit geworden war, sich abends von ihnen zum Essen einladen zu lassen.

Das sind wichtige Leute, sagte er zu seiner Frau, bevor er das Haus verließ, um sich mit ihnen zu treffen. Seine Frau wäre nach ein paar Tagen gern einmal mitgegangen. Aber der Bürgermeister ließ es nicht zu.

Worüber redet ihr denn immer, fragte sie quengelig.

Und der Bürgermeister antwortete: Über Geschäfte, davon verstehst du nichts.

Der Bürgermeister ärgerte sich schon seit langem darüber, daß die Zentralverwaltung seine Insel vergessen hatte. Es gab eine Menge Probleme auf der Insel. Die Leute waren unzufrieden. Er aber wäre gern wieder gewählt worden. Was sollte er den Leuten bieten? Sie brauchten Arbeit und Geld. Beides hatte er nicht.

Wer weiß, dachte er, vielleicht ergibt sich jetzt eine Möglichkeit.

Wirklich, es ist besser, sie bleibt zu Hause, überlegte er, während er auf dem Weg zum Restaurant eine Hibiskusblüte abbrach und sie in ein Knopfloch seiner Jacke steckte. Was soll sie schon reden mit dieser großen, blonden Frau, die mich manchmal so merkwürdig anlächelt? Über die Kinder vielleicht, und daß sie gerade wieder ein neues ausbrütet?

Im Restaurant war die kleine Gesellschaft schon versammelt. Wie immer in der letzten Zeit ging es um Land und Häuser und Bauarbeiter. Die beiden Deutschen hatten einige schöne Grundstücke gefunden und würden sich bald entscheiden.

Klar, hier ist es schön, sagte der Hafenkommandant. Aber bevor Sie nicht die ganze Insel gesehen haben, sollten Sie nicht kaufen.

Zwischen ihm und dem Bürgermeister hatte sich eine kleine Konkurrenz um die Gunst der Ausländer entwickelt. Nicht, daß der Kommandant etwa auch gewählt werden wollte und sich günstige Geschäfte versprach. Nein, ihn ärgerte einfach, daß der Bürgermeister sich so aufspielte und ständig nur über Geschäfte redete, anstatt die Schönheiten der Insel herauszustreichen. Er dagegen war schließlich ein paar Jahre zur See gefahren und wußte, was solche Leute wollten. Sie wollten Ruhe und einen schönen Blick auf das Meer. Zu vorgerückter Stunde bot er ihnen für den nächsten Tag eine Fahrt mit dem Schiff rund um die Insel an. Natürlich stimmten die beiden zu. Sie waren entzückt von so viel Gastfreundschaft. Und wenn der Bürgermeister Zeit habe, dann solle er doch mitkommen.

Am Abend nach der Inselrundfahrt kamen der Mann und die Frau nicht zum Essen in das Restaurant. Sie seien müde von dem langen Tag auf dem Wasser, sagten sie. Dem Bürgermeister war es recht. So konnte er einen Abend mit der Familie verbringen, bevor seine Frau allzu ungnädig wurde.

Aber der Mann und die Frau gingen nicht früh schlafen, wie sie angedeutet hatten, sondern saßen noch lange in ihrem Zimmer vor einer Karte der Insel und führten ein ausgiebiges Telefongespräch, so teuer, daß die Frau des Bürgermeisters ihre Familie davon eine ganze Woche hätte ernähren können.

Am nächsten Vormittag erschienen sie im Büro des Bürgermeisters und machten ihm einen Vorschlag. Es ging um viel Geld und ein paar Garantien, die sie unbedingt brauchten. Dem Bürgermeister war sofort klar, daß mit ihrem Vorschlag für seine Insel der Aufschwung beginnen würde. Auch für ihn, natürlich, aber das kam erst in zweiter Linie. Zuerst hatte er sich immer für das Wohl der Gemeinde eingesetzt, wenn man es ihm auch in der letzten Zeit nicht mehr so recht gedankt hatte. Er traf sich noch am gleichen Abend mit dem Hafenkommandanten, der bei den Garantien, die die Fremden forderten, eine gewisse Rolle spielen würde. Die beiden hatten eine kleine Auseinandersetzung, nicht sehr heftig, schließlich gehörten sie derselben Partei an. Und war es nicht die Idee des Kommandanten gewesen, für die

Fremden eine Inselrundfahrt zu organisieren? Die beiden Männer einigten sich bald, und am nächsten Abend traf man sich wieder zum Essen im Restaurant. Dem Wirt war nicht verborgen geblieben, daß die Dinge eine positive Wendung genommen hatten. Er brachte seinen besten Cognac zum Kaffee.

Auf die Zukunft, sagte der Bürgermeister und hob sein Glas.

Auf das Meer, sagte der Hafenkommandant, der es nicht lassen konnte, auf seine Weltoffenheit anzuspielen.

Auf die Zukunft, das Meer und die Schönheit des Lebens, sagten die Fremden und lächelten einander zu.

Der Schlüssel drehte sich im Schloß. Bella Block fand, daß Willy morgens zu viel Krach machte. Sie zog sich die Decke über den Kopf und versuchte, noch einmal einzuschlafen. Seit ein paar Monaten war es ihre – übrigens nicht ganz freiwillig angenommene – Gewohnheit, erst morgens gegen vier Uhr Schlaf zu finden. Willy kam zwischen acht und neun. Bella dachte darüber nach, wie sie es am besten anstellen könnte, noch einmal einzuschlafen. Aber sie hatte am Abend zuvor ein anstrengendes Gespräch mit ihrer Mutter gehabt. Bei der Erinnerung daran, daß sie sich zu einem Urlaub hatte überreden lassen, wurde sie hellwach. Ihr fiel ein, daß Sonnabend war. Sie hatte keine Verabredung mit irgendwelchen Klienten. Nur die Besprechung mit Willy stand auf dem Plan.

Dann, so überlegte sie, ist es nicht acht oder neun. Dann müßte es jetzt kurz vor zwölf ...

Der Kaffee ist fertig, brüllte Willy die Treppe hinauf.

Ich komme, rief Bella halblaut.

Unter der Dusche überlegte sie, weshalb Willy auf dem Gespräch bestanden haben mochte.

Wilhelmina van Laaken, genannt Willy, Jura-Studentin im achten Semester, machte sich ebenfalls Sorgen um ihren Gesundheitszustand. Das hatte Bella inzwischen begriffen. Während sie sich abtrocknete, betrachtete sie sich im Spiegel und stellte fest, daß, jedenfalls wenn man äußere Anzeichen ernst nahm, Willys Sorge durchaus berechtigt war.

Es wird Ihnen nicht verborgen geblieben sein, sagte Willy, während sie ein Baguette-Brötchen mit Butter bestrich, daß ich mich in den letzten Wochen mehr bei Ihnen als in meinen Vorlesungen aufgehalten habe.

Bella dachte, daß eine so umständliche Gesprächseinleitung auf ein besonderes Thema schließen ließ.

Ich hatte angenommen, antwortete sie, daß das mit Ihrem gespaltenen Verhältnis zum Wissenschaftsbetrieb zusammenhängt. Ich meine, Sie hätten irgend etwas in dieser Art angedeutet.

Tatsächlich hatte Willy ihr mehrmals ausführliche Vorträge darüber gehalten, daß die Begriffe »Jura« und »Wissenschaft« aus vielerlei Gründen nicht miteinander vereinbar seien. Bella versuchte, sich an Einzelheiten zu erinnern. Aber wie alles in den letzten Monaten, waren auch diese Gespräche durch sie hindurchgegangen, ohne daß sie sie wirklich wahrgenommen hatte.

Für eine Frau mit Verstand ist der Uni-Betrieb tödlich, sagte Willy. Leider gibt es zur Zeit noch gewisse gesellschaftliche Regeln, die es notwendig machen, daß ich einen kleinen Teil meiner Zeit dort verbringe, wenn ich ein Jura-Examen haben will.

Und das wollen Sie.

Allerdings. Soll ich Ihnen aufzählen, für wen alles am Beginn seiner Karriere ein Jura-Abschluß gestanden hat? Wußten Sie, daß Goethe ...

Schlechtes Beispiel, Willy, unterbrach Bella lächelnd. Der hat das Jurastudium abgebrochen.

Eben, sagte Willy leicht verschnupft, ich wollte gerade darauf hinweisen. Auf jeden Fall reicht die Juristerei aus, um Politiker zu werden; was ja bezeichnend ist, oder?

Ich kann mir nicht vorstellen, daß wir heute zusammen frühstücken, weil Sie mir Einzelheiten über den Zusammenhang von Jurastudium und der Karriere irgendwelcher Plattköpfe erzählen wollten. Können wir zur Sache kommen?

Willy schwieg eine Augenblick.

Noch Kaffee?

Bella nickte. Willy goß Kaffee ein, legte ihre Serviette beiseite und zündete sich eine Zigarette an. Die Zeit brauchte sie, um sich den ersten Satz zurechtzulegen. Den ersten Satz einer etwas längeren Rede, wie Bella gleich feststellen sollte.

Ich bin jetzt seit fast sieben Monaten bei Ihnen, sagte Willy, legte den Kopf in den Nacken und ließ ihre Stupsnase angriffslustig wittern. Als ich hier anfing, habe ich Sie sehr bewundert. Klug, stark, erfahren, rücksichtslos gegenüber Männern, einfühlsam, wenn es um Frauen ging, erfolgreich, soweit man das in Ihrem Beruf sein kann. Von den Lektionen in russischer Lyrik will ich gar nicht reden. Dann kam diese Geschichte. Sie konten nicht verhindern, daß irgendein Killer eine Frau mit Heroin umgebracht hat. Drogen spielten eine Rolle. Und Ihr Freund wurde erschossen.

Er hat sich selbst erschossen, sagte Bella nüchtern.

Seit dieser Zeit sind Sie verändert. Ich habe nicht die Absicht, die Veränderung in Einzelheiten zu beschreiben. Aber sie ist so erschrekkend, daß ich vor ein paar Wochen beschlossen habe, etwas dagegen zu tun.

Bella sah Willy aufmerksam an. Sie war nicht neugierig auf das, was Willy sich ausgedacht hatte, wollte sie aber nicht kränken. Sie wartete.

Ich bitte Sie, sagte Willy, den Teil Ihrer Arbeit einzustellen, der sinnlos ist. Sie gewinnen dadurch freie Zeit und ...

Was meinen Sie mit »sinnlos«, fragte Bella, die, seit sie mit vierzehn Jahren beschlossen hatte, daß es einen besonderen Sinn im Leben des einzelnen nicht gäbe, mit der Vokabel, so wie sie im allgemeinen gebraucht wurde, nicht viel anfangen konnte.

Halten Sie es für sinnvoll zu kämpfen, wenn von vornherein feststeht, daß man verliert? fragte Willy herausfordernd.

Bevor Sie weitersprechen, sind Sie wohl so freundlich, mir eine Sache zu nennen, in der man kämpft und gewinnt, antwortete Bella.

Ihre Stimme klang hart, härter als sie beabsichtigt hatte. Sie lächelte Willy entschuldigend an. Willy blieb unbeeindruckt.

Während Sie in den letzten Wochen hinter irgendwelchen Dealern her waren, bekiffte Ehefrauen vor dem Selbstmord bewahrten oder Amokschützen als vollgedröhnte Soldaten entlarvten, habe ich mich daran gemacht, Ihre Zeitung auszuwerten, die Sie die Güte hatten, seit Monaten neben dem Schreibtisch auf dem Fußboden liegen zu lassen.

Bella sah neben den Schreibtisch. Die Zeitungen waren verschwunden.

Ich habe die FAZ, eine gräßliche Zeitung übrigens, unter dem Gesichtspunkt »Drogen« durchgeforstet. Das Ergebnis: Ich möchte Ihnen vorschlagen, keine Drogensachen mehr anzunehmen. Der jährliche Umsatz in diesem Geschäft wird auf dreihundert bis fünfhundert Milliarden Dollar geschätzt. Und er steigt. Ein Ende oder auch nur wirksame Maßnahmen sind nicht abzusehen. Gegen fünfhundert Milliarden ist kein Kraut gewachsen. Nicht mal Bella Block. Ich …

Willy, sagte Bella, halten Sie einen Augenblick ein. Ich weiß zu schätzen, daß Sie sich Sorgen um mich machen. Bevor Sie aber in dieser Sache weiter ausholen, möchte ich Ihnen sagen, daß meine Mutter, die Sie ja inzwischen kennengelernt haben, gestern beschlossen hat, ich solle Urlaub im Süden machen. Und ich habe zugestimmt.

Bella und Willy sahen sich einen Augenblick schweigend an, bevor sie gleichzeitig zu lachen begannen.

Nein, sagte Willy schließlich, so geht das nicht. Ich hab doch nicht die ganze Zeit umsonst hier gesessen. Jetzt fahren Sie in den Süden, machen ein paar Wochen Urlaub, und wenn Sie zurück sind, steht irgendein Vater vor der Tür und beauftragt Sie, seine Tochter zu suchen, die vermutlich ein paar Kilometer weiter auf den Strich geht, um damit ihren Drogenkonsum zu finanzieren. Dann geht die ganze Sache von vorn los. Es gibt keinen anderen Bereich, in dem Detektivarbeit so deutlich so sinnlos ist wie in diesem. Wer sagt Ihnen denn, daß der besorgte Vater nicht wenig später selbst Drogen nimmt? Weil er nicht mehr schlafen kann aus Sorge um seine Tochter oder weil ihm ein Geschäft schiefgegangen ist? Oder noch besser: Wer sagt Ihnen, daß er nicht irgendwann selbst ins Drogengeschäft einsteigt, wegen der hohen Verdienstspannen?

Sie übertreiben, Willy, sagte Bella, nur um überhaupt etwas zu sagen.

Willy war gekränkt. Sie stand auf und verließ das Zimmer. Gleich darauf kam sie zurück und knallte einen Stapel bunter Schnellhefter auf den Schreibtisch. Schweigend setzte sie sich und sah Bella anklagend an. Bella blieb nichts anderes übrig, als aufzustehen und einen Blick auf die Ordner zu werfen. Es war nicht zu übersehen, daß Willy sich viel Arbeit gemacht hatte. Bella nahm einen der Schnellhefter in die Hand und blätterte darin herum. Sie las »Washington – oder: Der Fisch fängt immer am Kopf an zu stinken«, sah zu Willy hinüber, lächelte und legte den Ordner zurück zu den anderen.

Ich nehme Ihre Papiere mit, Willy, sagte sie. Die Lektüre wird mir die langweiligen Stunden an irgendeinem langweiligen Strand vertreiben und mich daran hindern, darüber nachzudenken, weshalb ich noch immer den Anweisungen meiner Mutter folge, obwohl ich es eigentlich besser wissen müßte.

Und wenn Sie zurückkommen ...

Sprechen wir darüber, natürlich, sagte Bella. Sie war müde und wäre gern allein gewesen.

Das Meer war fast glatt. Es wäre auch sehr dunkel gewesen, hätte nicht das volle Mondlicht auf seiner Oberfläche gelegen, sich in winzigen Bergen und Tälern gebrochen und die so große Fläche mit einem glitzernden Teppich bedeckt. Wahrscheinlich eine Öllache, dachte Bella. Und ärgerte sich. Lieber hätte sie einen poetischeren Vergleich gefunden. Sie lehnte den Kopf zurück an die Eisenwand des Schiffes und schloß die Augen, noch immer in der Hoffnung, Schlaf zu finden. Schlaflosigkeit und die Bilder, die dann in ihrem Kopf auftauchten, waren die Gründe für sie gewesen, dem Drängen ihrer Mutter nachzugeben und auf die Insel zu fahren.

Du siehst schlecht aus, Bella, fahr irgendwohin und erhol dich, mein Kind. Wenn die Mutter »mein Kind« sagte, war es relativ sicher, daß sie nicht aus Eigennutz irgendwelche Unternehmungen vorschlug, die sie selbst nicht mehr ausführen konnte, weil sie älter als achtzig war und inzwischen so zerbrechlich, daß sie beim leichtesten Wind in Gefahr geriet, davongeweht zu werden; Unternehmungen, über die Bella anschließend genau Bericht zu erstatten hatte. Nein, »mein Kind« war als sicheres Zeichen dafür anzusehen, daß Bella verfiel. Jedenfalls war das das Wort, das ihre Mutter ständig im Munde führte. Auch Willy hatte es schon gebraucht.

Was in gewisser Weise für eine Frau, die Mitte Fünfzig ist und immer noch stattliche hundertachtundvierzig Pfund auf die Waage bringt, durchaus als lächerlich betrachtet werden kann, dachte Bella und ärgerte sich schon wieder.

Diesmal allerdings über ein greinendes Kind irgendwo in ihrer Nähe. Sie öffnete die Augen. Neben ihr hatten sich zwei blasse junge Frauen niedergelassen. Sie hatten die Füße auf ihre Rucksäcke gestellt. Eine der beiden zog gerade eine mit peruanischen Motiven bedruckte Jakke aus und hob ihr schlabberiges T-Shirt hoch, um dem Kind eine Brust in den Mund zu stopfen. Bella lobte innerlich die Weisheit der Natur, schloß die Augen, lehnte den Kopf an die Wand und versuchte erneut zu schlafen. Die Frauen unterhielten sich leise. Es ging um den Vater des Kindes, der versprochen hatte, jeden Monat Geld zu schicken. Offenbar waren die beiden nicht ganz sicher, ob er sein Versprechen einhalten würde. Nachdem sie alle Varianten genau untersucht hatten und zu keinem endgültigen Schluß gekommen waren, wandte sich ihr Gespräch einer ähnlich wichtigen Frage zu.

Ob das wohl klappt mit dem Abholen, fragte die mit dem Kind an der Brust zweifelnd.

Auch dieses Thema wurde in allen Einzelheiten erörtert, ohne daß die beiden zu einem Schluß kamen.

Das Schiff wurde langsamer. Bella spürte es an dem nachlassenden Vibrieren der Schiffswand hinter ihrem Kopf und an veränderten

Motorengeräuschen. Als sie die Augen öffnete, sah sie die dunklen Umrisse von Bergen und vereinzelte Lichter vor sich. Sie war froh, ihr vergebliches Bemühen um Schlaf aufgeben zu können. Aus dem Deckaufgang kam ein kleiner dunkler Mann in einem schwarzen Overall. Er begann, mit einem Schlauch das Deck abzuspritzen. Eine der beiden Frauen war aufgestanden und an die Reling gegangen. Jetzt kam sie zurück.

Das Boot ist noch nicht zu sehen, sagte sie leise, während sie sich wieder setzte.

Kannst du doch gar nicht, von hier, antwortete die andere.

Beide schwiegen und sahen auf die schwarzen Felsen.

Wie unglücklich sie aussehen, dachte Bella und begann zu überlegen, wie sie sich fühlen würde, wenn sie zwanzig wäre, ein Kind hätte, einen kleinen Monatsscheck und die Aussicht, auf einer Insel zu leben. Sie kam zu dem Schluß, daß sie mindestens genauso unglücklich wäre wie die Jammerbilder da vor ihr. Bevor ihr die beiden sympathisch wurden, stand sie auf und ging unter Deck. Sie wollte an die Bar im Salon. Der Kellner war gerade dabei, die Aluminiumjalousie vor der Bar herunterzulassen. Bella überzeugte ihn mit einem angestrengten Lächeln davon, daß sie unbedingt noch ein Bier brauche, und gab, als er sich endlich bereit fand, zuviel Trinkgeld. Der Kellner ließ die Jalousie endgültig herunter. Bella stand mit dem Bier in der Hand, den Rücken an die Aluminiumwand gelehnt, und sah zu, wie die Passagiere ihre Taschen, Säcke und Pappkartons zusammensuchten und den Salon verließen. Als der Gang vor dem Salon leer war, ging sie hinaus, stieg die Treppe empor und verließ das Schiff.

Unten am Kai wurde sie von lautem, buntem Gewühle empfangen. Taxis mit laufendem Motor, Begrüßungsszenen in allen Abstufungen der Herzlichkeit, schreiende Kinder, sich langweilende, gebräunte Einzelgänger männlichen und weiblichen Geschlechts, uniformierte Angestellte der Schiffsgesellschaft – alle eingetaucht in das gelbe Licht der Hafenlaternen. Unwillkürlich sah Bella zum Himmel. Ein gegen die Lampen völlig bedeutungsloser Mond hing über dem Ganzen. Sie hätte sehr viel darum gegeben, allein zu sein.

Das Gepäck wurde gebracht. Bella fand ihre kleine Reisetasche, die nichts weiter enthielt als ein wenig Wäsche und Willys Papiere, sofort und ging, ohne auf die lauten Rufe der Taxifahrer zu achten, irgendwohin. Nach wenigen Metern blieb sie noch einmal stehen, um sich zu orientieren. Vor ihr lag die beleuchtete Uferpromenade. Die dichte Traube aus Taxis und Menschen löste sich allmählich auf. Rechterhand war ein Tunnel durch eine Felswand getrieben worden. Dorthin ging niemand. Bella machte ein paar Schritte in die Richtung, sah, daß der Tunnel unbeleuchtet war und daß am anderen Ende etwas glitzerte, das möglicherweise das Meer sein konnte. Entschlossen nahm sie die Tasche auf. Während sie am Straßenrand wartete, bis sie zwischen den Taxis hindurch auf die andere Seite gehen konnte, erkannte sie in ihrem Rücken die Stimmen der beiden Frauen.

Da ist es doch, hörte sie und: Hätte ich mir auch nicht anders denken können.

Die Stimmen klangen zufrieden und unsicher zugleich. Bella wandte sich um und sah die beiden, schwer bepackt mit Rucksäcken und Koffern, auf die Kaimauer zusteuern. Ein Schiff sah sie nicht. Aber der Wasserspiegel war sehr niedrig, und wenn da ein kleines Boot an der Mauer festgemacht hatte, mußte es nicht unbedingt zu sehen sein. Im Tunnel war es warm. Und sie hatte sich nicht getäuscht. Auf der anderen Seite lag das Meer. Bella ging langsam die steinige Straße entlang. Die Asphaltierung hatte auf der anderen Seite des Tunnels aufgehört, und sie mußte vorsichtig gehen, um nicht zu stolpern. In etwa hundert Meter Entfernung sah sein ein paar Lichter und den Schatten eines Strohdaches.

Eine Bar, dachte sie, genau das Richtige. Sie sah sich noch einmal um, aber sie war allein auf der steinigen, dunklen Straße. Die Bar war offensichtlich nicht so attraktiv, daß um diese Zeit Menschen dahin unterwegs gewesen wären. Als Bella näher kam, sah sie, daß die Bar auf der linken Seite der Straße in einen Felsen gehauen worden war. Durch die offenen Fenster sah sie ein paar Spielautomaten und einen Billardtisch. Hinter dem Tresen stand ein junge Frau, davor saßen zwei oder drei Männer, die Weingläser vor sich stehen hatten. Das Strohdach, das sie von weitem gesehen hatte, gehörte zu einer offenen Veranda, die gegenüber der Bar direkt am Meer lag. Die Veranda war leer. Im Mondlicht glänzten die Platten einiger Kunststofftische. Bella betrat die leere Veranda, stellte ihre Reisetasche neben dem Eingang auf dem Steinfußboden ab und ging hinüber in die Bar. In der Eingangstür blieb sie einen Augenblick stehen. Niemand beachtete sie. Am Billardtisch waren zwei Männer auf ihr Spiel konzentriert. Unter der niedrig hängenden Lampe sah Bella ihre Rücken und dichtes, dunkelblondes Haar über zwei sauber ausrasierten Nakken.

Berufsspieler, dachte sie unwillkürlich beim Betrachten der eleganten Hosen und feinen Pullover und rief sich gleich darauf zur Ordnung. In dieser gottverlassenen Bar auf der einsamsten aller Inseln gab es keine Berufsspieler. Dafür aber eine leicht überspannte Expolizistin, die dringend eine Flasche Wein nötig hatte. Und ein paar Tage Ruhe, wenn möglich. Sie ging an die Bar. Als sie näher kam, wandten sich die Männer auf ihren Hockern um und starrten sie neugierig an. Es waren zwei ältere Männer, Fischer vielleicht, auf jeden Fall Leute, die draußen arbeiteten.

Fischer, dachte Bella, es sind Fischer. In ihrer Erinnerung waren plötzlich Bilder aus ihrer Kindheit aufgetaucht. Boote im Hafen von Neapel, Männer, die mit blauem Garn Netze flickten und deren braune Hände in den Innenflächen tiefe schwarze Risse hatten. Unwillkürlich sah sie nach den Händen, aber die Männer hatten sie in die Hosentaschen gesteckt. Trotzdem, es waren Fischer.

Und weshalb ist das wichtig, Bella Block, fragte sie sich, und im Weitergehen wußte sie auch schon die Antwort. Je weiter die Bilder zurücklagen, derer sie sich erinnerte, desto sicherer fühlte sie sich. Wenn es nun einmal Zeiten gab, in denen sie, verfolgt von Erinnerungen, nicht leben und nicht schlafen konnte, und wenn dieser Zustand sich offenbar auf der Insel fortsetzen sollte, so wollte sie wenigstens um jede Erinnerung dankbar sein, die nicht mehr schmerzte.

Sie stellte sich zwischen die Männer an den Tresen und wartete, bis die junge Frau sich ihr zuwandte.

Ich möchte eine Flasche Rotwein, ein Glas und Oliven, sagte sie. Ich würde gern draußen sitzen. Ich nehm die Sachen mit raus.

Sie zahlte den Wein, der sehr wenig kostete, und trug die Flasche, das Glas und eine kleine Schale mit Oliven hinüber unter das Stohdach. Vorsichtig ging sie zwischen den Stühlen hindurch.

Das Mondlicht malte streifige Schatten auf

die Tische. Als sie sich setzte, leuchteten grelle Glühbirnen auf. Bella ging noch einmal zurück.

Würden Sie, bitte, das Licht ausmachen, fragte sie die junge Frau freundlich.

Sin lu, sagte die Frau und lächelte freundlich zurück. Sie hatte eine dunkle weiche Stimme. Das ohne den Schlußlaut ausgesprochene kleine Wort lu war wie eine sanfte, tröstliche Geste, die Bella unter das Stohdach mitnahm. Der Wein war schwer. Der Mond stieg so hoch, daß er von der Veranda aus nicht mehr zu sehen war. Nur das Licht auf dem Meer und die Schatten auf den Tischen waren noch da. Nach einer Weile merkte Bella, daß ein struppiger Hund sich lautlos neben ihre Reisetasche gelegt hatte. Er lag da und schlief. Bella beneidete ihn. Dann spürte sie, daß sie selbst müde wurde. Die Billardspieler verließen die Bar. Bella sah ihre Rücken im Mondlicht auf der Straße. Ganz vorn am Tunnel stiegen sie in einen Wagen und fuhren davon. Der Hund bewegte die Pfoten im Schlaf. Als die junge Frau und die Fischer in der Tür der Bar erschienen, erhob er sich, streckte sich und trottete zu ihnen hinüber.

Wir schließen jetzt, sagte die Frau.

Bella stand auf und brachte die leere Flasche, das Glas und die Olivenschale zurück. Die Fischer hatten sich verabschiedet. Die Frau ging noch einmal hinein, stellte die Sachen auf die Bar und kam zurück. Sie sah auf die Reisetasche, die Bella von der Veranda geholt hatte.

Suchen Sie ein Zimmer? fragte sie freundlich. Sie könnten bei uns eins mieten. Wir haben ein großes Haus.

Sie sprach leise. Bella wünschte, sie möchte noch einmal lu sagen.

Wenn ich Ihnen keine Umstände mache, sagte sie.

Die Frau lachte.

Sie zahlen ja. Die Umstände sind im Preis inbegriffen.

Sie schloß die Tür ab. Bella ging neben ihr her, zurück über die immer noch mondhelle Straße und durch den dunklen Tunnel. Die Promenade war jetzt menschenleer. Auch die Taxis waren verschwunden. Leise klatschte das Wasser an die Kaimauer. Ein paar kleine Fischerboote und ein Segelboot hatten im Hafen festgemacht. Bella überquerte neben der Frau einen palmenbestandenen Marktplatz. Sie gingen eine schmale Straße entlang, die ein wenig bergauf führte. Die Häuser an den Seiten der Straße waren niedrig, alt und manche so verfallen, daß die Fensterhöhlen mit Brettern vernagelt worden waren. Fast am Ende der Straße, an einem kleinen Platz, dessen gleichmäßiges, schmales Kopfsteinpflaster von einer einzelnen Straßenlaterne erhellt war, blieb die Frau stehen.

Bella sah im Licht der Straßenlaterne blaue Schatten auf ihrem dunklen Haar, als sie in einem Beutel nach dem Schlüssel suchte. Das

Haus, vor dem sie standen, war höher als die anderen, genau ein Stockwerk höher, hatte eine breite Front zur Straße und war so weiß gekalkt, daß die Mauern im Lampenlicht strahlten. Das Dach war flach und mit Ziegeln gedeckt, die ein Stück über die Mauern ragten. Das Haus lag neben einer Kirche. Die Frau schloß eine Holztür auf, die sehr alt und sehr dick und dunkel gestrichen war. Sie ging voran und hielt Bella die Tür auf. Sie betraten einen Innenhof mit einem großen, blühenden, sanft beleuchteten Garten. Oleander, Hibiskus und andere Pflanzen verströmten einen starken Duft. Im Halbdunkel war es nicht möglich, die verschiedenen Arten zu unterscheiden. Um den Garten herum führte ein breiter Plattenweg. Dunkle, mit Schnitzarbeiten verzierte Türen unterbrachen die weißen Wandflächen. Im ersten Stock gab es eine hölzerne Galerie rund um den Innenhof. Auch von dort führten Türen in verschiedene Zimmer. Bella war so überwältigt von der Schönheit und dem Frieden, die sie im Innern des Hauses umgaben, daß sie die Tasche auf den Boden gesetzt hatte und staunend stehengeblieben war. Die junge Frau war weitergegangen und rief ihr etwas zu. Sie nahm ihre Tasche auf und ging der Stimme nach.

Möchten Sie noch einen Kaffee, bevor Sie schlafen gehen?

Sie standen in einer geräumigen Küche. Bella schüttelte den Kopf, aber die Frau hatte nicht hingesehen und begann, am Herd zu hantieren.

Das Haus ist sehr alt, sagte sie, während sie zwei Becher auf den Küchentisch stellte. Unsere Familie wohnt hier schon seit Generationen.

Aber es ist so schön, sagte Bella ziemlich blöd und noch immer überwältigt. Die Häuser, die anderen Häuser ...

Meine Brüder arbeiten in der Bucht, sagte die Frau.

Offenbar war das eine angemessene Erklärung für die Schönheit, die sie umgab. Bella war viel zu schläfrig, um noch einmal nachzufragen. Der Duft des schwarzgebrannten Kaffees mischte sich mit den Gerüchen aus dem Garten. Die Frau setzte sich zu Bella an den Tisch. Schweigend tranken sie den Kaffee. Bella, die abends eher an Wodka als an Kaffee gewöhnt war, dachte, daß sie noch nie einen so wunderbaren Schlaftrunk gehabt hatte.

Ich zeige Ihnen Ihr Zimmer, sagte die Frau nach einer kleinen Weile. Bitte, kommen Sie. Ich heiße Consuelo.

Sie ging an dem duftenden Garten vorbei die Treppe hinauf und führte Bella in ein schmales, weiß gekalktes Zimmer, in dem auf steinernem Fußboden ein eisernes Bett stand. Außerdem gab es einen Stuhl, eine Kommode und einen alten Spiegel.

Das Bad ist nebenan. Es ist mein Bad. Sie können es benutzen. Sie zeigte auf eine seitliche Tür. Ich wünsche Ihnen schöne Träume. Ach, essen können Sie bei uns nicht. Aber unten an der Plaza kann man frühstücken. Da ist eine Bar. Und in der Stadt gibt es auch Restaurants. Ich lege Ihnen Handtücher ins Bad. Gute Nacht.

Bella vergaß zu antworten. Sie war ans Fenster getreten. Hinter dem Fenster war es dunkel, aber als sie einen Augenblick hinausgesehen hatte, erkannte sie ein paar Linien, die wie Bergrücken aussahen. Sie war jetzt sehr müde, und sie wußte, daß sie zum ersten Mal nach langen Wochen Schlaf finden würde.

Weil sie daran gewöhnt war, vor dem Einschlafen zu lesen, sich aber verordnet hatte, keine Bücher mitzunehmen, nahm sie einen der Schnellhefter aus ihrer Reisetasche und legte sich hin. Es war ein blauer Hefter mit der Aufschrift »Zur Einstimmung: internationale Meldungen«.

Willys Papiere I

Oktober 88/Israel:
Die Israelische Polizei gibt zu, nicht länger die Augen davor verschließen zu können, daß der Handel mit Rauschgift im Heiligen Land ein Milliarden-Dollar-Geschäft sei. (Ich bitte um Verzeihung, der Ausdruck »Heiliges Land« stand in Ihrer Zeitung.)

April 89/Italien:
Italien meldet den Höchststand an Rauschgift-

toten (vorläufig, natürlich, und mit »offiziellen« Zahlen).

Mai 89/Schweiz:
Die Schweiz meldet Höchststand an Rauschgifttoten (vorläufig, natürlich).

Juni 89/Ägypten:
Das ägyptische Parlament beschließt die Todesstrafe für Rauschgifthändler.
(Als ob die jemals genützt hätte! Man hat die Aufhängerei übrigens noch am selben Tag ausprobiert und die Journalisten dazu eingeladen. Die sind auch hingegangen.)

Juli 89/Kuba:
Ein Militärgericht in Havanna verurteilt vier hohe Offiziere »wegen Verwicklung in Rauschgiftgeschäfte« zum Tode.
(»... kann man eigentlich nur Beifall spenden«, sagt dazu die von Ihnen bevorzugte Zeitung. Meine Meinung zu dieser Affäre sage ich Ihnen mündlich.)

August 89/Österreich:
Der SPÖ-Sprecher der Steiermark wird wegen Rauschgiftbesitzes verhaftet. Er gilt als Angehöriger der Österreichischen Kokain-Schickeria, die sich natürlich nicht auf SPÖ-Mitglieder beschränkt.
(Die zauberhaften Polit-Schickeria-Kerlchen beschäftigten sich nebenbei auch noch damit, junge Frauen dazu zu bringen, daß sie im Kokain-Rausch ihre Körper für die Anfertigung

von Pronofilmen »mit sexuellen Perversionen« hinhielten.)

Oktober 89/Frankreich:
Mitterand verspricht Kolumbien Hilfe im Kampf gegen die Drogenmafia.
(Ich vermute, er hat ein ideales Absatzgebiet für die ungewöhnlich breite französische Rüstungsexportpalette entdeckt.)

April 90/Kuweit:
Es wird gemeldet, daß die Rauschgiftsucht in Kuweit das Ausmaß einer Epidemie angenommen habe.
(Im Zusammenhang mit Drogen wird heftige Propaganda für die Todesstrafe gemacht. Als eine der Ursachen für die »Epidemie« wird der »Verfall der Familie« angesehen. Hätten Sie das gedacht?)

April 90/China:
Es wird gemeldet, daß der Heroinkonsum in China sich ausgeweitet habe. 1989 seien 136 Todesurteile wegen Rauschgiftschmuggel und -herstellung gefällt worden.
(Ihre Zeitung erklärt, China sei so arm, daß es weder Geld noch Personal für einen angemessenen Umgang mit den Rauschgiftsüchtigen habe. Würde mich interessieren, wie die über die Misere bei uns denken!)

An der weiß gekalkten Wand erschien eine blaue Neonschrift, altdeutsche Buchstaben, die langsam aus der Wand heraustraten. Bella las die Schrift, während sie auf einer Bahre daran vorbeigetragen wurde.

... keine Bücher ...

Sie hatte Mühe, den Kopf zu wenden. Er war bandagiert. Die Träger liefen schnell und geräuschlos über schwarze Steine. Sie wollte schreien. Auch der Mund war mit Mullbinden bedeckt. Sie hatte nur Augen. Sie konnte genau sehen, wohin sie getragen wurde. Da vorn war es. Sie wollte da nicht hin. Ihre Hände waren an den Seiten der Bahre festgemacht. Die Träger gingen jetzt langsamer. Sie wollten sie genau einpassen. Auf dem schwarzen Stein war eine Figur mit Kreide aufgezeichnet.

Das ist alles, was wir für die Alte tun können, sagte der Träger, der neben ihrem Kopf stand. Laßt sie jetzt runter.

Sie konnte sein Gesicht nicht sehen, aber er hatte die Stimme von Kranz. Sie spürte, wie die Träger die Bahre langsam kippten. Sie begann zu rutschen. Ihre Augen richteten sich auf die Kreidefigur am Boden. Die blaue Schrift erschien jetzt dort unten. Nacheinander kamen die Buchstaben wie Schlangen aus Löchern gekrochen.

Ich kann nicht mehr lesen, wollte sie schreien. Aber da war sie schon auf den Boden gefallen und lag in den Umrissen von Beyers Körper, genau so, wie er dagelegen hatte; der Verband war über ihr Kinn gerutscht, und sie schrie und schrie.

Am Morgen, während Bella ihre Reisetasche auspackte, stellte sie Betrachtungen über Studenten im allgemeinen und Willy im besonderen an. Sie bezahlte die junge Frau seit ein paar Monaten dafür, ihren Haushalt in Ordnung zu halten und ihr hin und wieder ein paar Erkundungen oder ein bißchen Büroarbeit abzunehmen. Denn nachdem sie sich selbständig gemacht hatte, war ziemlich bald deutlich geworden, daß der Bedarf an Detektivarbeit stark zunahm. Bella hielt diese Tatsache für eine Erscheinung, die unter anderem in engem Zusammenhang mit dem immer noch wie ein widerliches Geschwür wachsenden, gut verdienenden Mittelstand zu sehen war; daß Detektive benötigt wurden, war eine Begleiterscheinung wie die um sich greifenden Angebote von Psychologen, Ersatzkirchen, Gesundbetern, Pseudo-Wissenschaftlern und Kartenlegerinnen, die Erlösung von allen Übeln versprachen und ausschließlich das Geld ihrer Klientel im Auge hatten. Natürlich hätten all diese Leute wenig Erfolg mit ihren Glücksverheißungen gehabt, wenn die von ihnen ins Auge gefaßte Kundschaft nicht tatsächlich dermaßen an ihrer gesellschaftlichen Nichtsnutzigkeit gelitten hätte, daß sie an Freßsucht, Trunksucht oder unbestimmtem Unglücklichsein erkrankte. Der Widerspruch zwischen dem Bewußtsein, der Nabel der Welt zu sein, und der tatsächlichen Rolle als gekaufter Puffer zwischen Oben und Unten ließ sich nicht so einfach verdrängen; auch wenn Unten sich relativ ruhig verhielt und Oben inzwischen so klein geworden war, daß man es schon aus optischen Gründen kaum noch wahrnahm.

Die Tatsache, daß Bella als Detektivin teilhatte an dem Boom, der Halsabschneider, Scharlatane und ein paar ordentliche Fachkräfte gleichmäßig beglückte, hing damit zusammen, daß die Frauenbewegung im weiblichen Teil des Mittelstandes ihre Spuren hinterlassen hatte. Frau nahm eine Frau, wenn sie einen Detektiv brauchte.

Bella betrachtete die Leinenhose, die Willy mit der Bemerkung »ich liebe Leinen, läßt sich so schön schwer bügeln« in die Reisetasche gestopft hatte, und lächelte. Die Hose war zerknittert, aber Willy war eine große Eroberung. Sie war klein, blond und rund und das klügste Mädchen, das Bella in ihrem Leben kennengelernt hatte. Sie war voller Energie, ihre Auftritte waren immer mit irgendeiner Sorte Krach verbunden, und ihr schneller Verstand hatte sich in der Arbeit schon ein paarmal als äußerst nützlich erwiesen. Im stillen verglich Bella sie manchmal mit einer gerade abgeschossenen, eisernen Kanonenkugel. Aber davon sagte sie Willy nichts. Sie hatte das untrügliche Gefühl, als würde sie sie mit dieser Bemerkung, die doch durchaus liebevoll gemeint gewesen wäre, verletzen.

Bella verließ das Zimmer. Über den Traum wollte sie nicht nachdenken. Sie fühlte sich besser als in den letzten Wochen. Sie ging die Treppe hinunter und setzte sich einen Augenblick an den Rand des Innenhofs. Dunkelblauer Himmel und ein Stück braungrauer, kahler Felswand waren zu sehen. Es war still im Haus. Von der Straße drangen Rufe herein, hin und wieder das Geräusch eines langsam fahrenden Autos und einmal das Geschrei eines Esels. Als es zu ihren Füßen raschelte, beugte Bella sich vor und entdeckte eine große Eidechse, grau, mit kleinen hellblauen Punkten an der Unterseite und je einem großen hellblauen Punkt über dem Ansatz der Beine. Die Eidechse war damit beschäftigt, die Pflanzenstengel nach Insekten abzusuchen. Sie bewegte den Kopf schnell hin und her. Dabei faltete sich die Haut am Hals. Bella streckte ihre Hände vor und bewegte sie ein wenig hin und her. An ihren Handgelenken bildeten sich Falten, die denen am Hals der Eidechse sehr ähnlich waren. Sie lächelte. Es schien ihr angenehm, alt zu werden.

Sie lächelte auch der alten Frau zu, die sie sah, als sie an der geöffneten Küchentür vorüberging und das Haus verließ.

Sie fand die Bar an der Plaza sofort, ein einfaches, langgestrecktes Haus mit offenen Glastüren, die auf einen mit uralten Gummibäumen bestandenen Platz hinausführten. Obwohl die Sonne schon hoch stand, war es auf dem Platz dunkel. Durch die dichten Blätter drang kein Sonnenstrahl.

In der Bar war es laut. Ein Fernseher lief, zwei unbenutzte Spielautomaten gaben in kurzen, regelmäßigen Abständen Lockrufe von sich, und die Männer, die am Tresen standen, brüllten bei ihrer Unterhaltung, als wären sie schwerhörig. Bella war die einzige Frau und die einzige Ausländerin. Niemand nahm von ihr Notiz, als sie neben den Männern an der Bar stand, Kaffee mit Milch trank und ein Brötchen mit Käse aß. Die Männer unterhielten sich über Fußball, die Ausbesserung einer Straße und den geplanten Bau eines Flugplatzes auf der Insel. Besonders über den Bau des Flugplatzes waren sie geteilter Meinung.

Wir werden viel Geld verdienen, beim Bau und an den Touristen, die dann kommen, sagten die einen.

Wir werden die Arbeit haben, und andere werden viel Geld verdienen, sagten die anderen.

Das Gespräch ging eine Weile hin und her. In eine plötzlich eintretende Pause hinein sagte der Mann hinter der Bar, ein kleiner, blasser Mann, mit schwarzen öligen Haaren, in weißem Hemd und schwarzer Hose: Es wird genau so werden wie jetzt mit der Bucht.

Niemand antwortete ihm, statt dessen legten zwei junge Männer ein paar Münzen auf den

Tresen und gingen, ohne ein Wort zu sagen. Es war, als nähme das Schweigen einen aggressiven Charakter an.

Die Bucht, dachte Bella. Hat nicht Consuelo davon gesprochen, daß ihre Brüder in der Bucht arbeiten?

Sie schob die leere Tasse zum Kellner hinüber und bestellte einen zweiten Kaffee. Der Kellner machte sich an der Kaffeemaschine zu schaffen. Die Männer wechselten das Gesprächsthema. Als der Kellner ihr die Tasse brachte, fragte Bella ihn, wie sie in die Bucht kommen könnte. Es war ihr selbst nicht ganz klar, weshalb sie gefragt hatte, denn sie hatte gar nicht die Absicht, irgendwelche Ausflüge zu unternehmen. Vielleicht hatte sie nur gefragt, um ein Gespräch anzuknüpfen.

Der Kellner sah sie schweigend an. Dann wandte er sich ab, ohne zu antworten. Bella fand sein Verhalten ärgerlich. Sie blieb stehen, trank ihren Kaffee und betrachtete die Männer vor dem Tresen. Aber es war nichts an ihnen, das ihr besonderes Interesse hätte wecken können. Sie waren klein, dunkel und vorzeitig gealtert von Sonne, Arbeit und Alkohol. Bei einigen ließen Spuren von gepflegter Kleidung darauf schließen, daß sie verheiratet waren.

Bella rief den Kellner, um das Frühstück zu zahlen. Als er nahe genug herangekommen war, sagte sie freundlich lächelnd: Und wie komme ich nun zur Bucht, mein Kleiner?

Diesmal antwortete er.

Im Hafen liegt ein Schiff, ein Lastkahn – bei dem Wort Lastkahn musterte er abschätzig Bellas auf hundertfünfundsiebzig Zentimeter verteilte hundertachtundvierzig Pfund – mit einer Art Pontonbrücke am Bug. Da müssen Sie fragen.

Während er antwortete, fiel ihm eine breite Strähne seiner geölten Haare ins Gesicht. Er hob sie vorsichtig auf und legte sie wieder zurück an ihren Platz. Bella sah dabei auf eine bleiche Hand mit nicht sehr sauberen Fingernägeln. Der Ausdruck, den sein Gesicht angenommen hatte, während er ihr antwortete, gefiel ihr nicht.

Worauf lauert er eigentlich, dachte sie.

Sie verließ die Bar und schlenderte zur Strandpromenade hinüber. Feiner schwarzer Sand bedeckte den Strand. Plumpe, blau-rot bemalte Holzkähne lagen in der Bucht davor. Sie setzte sich in den Sand und blickte aufs Wasser. Um die weit ins Wasser gebaute Mole schob sich ein weißes Passagierschiff langsam in die Hafenbucht. Bei näherem Hinsehen stellte es sich als die Fähre heraus, die sie am Tag zuvor, nur zu späterer Stunde, auf die Insel gebracht hatte. Bella beschloß, an die Anlegestelle zu gehen, um das Anlegemanöver und das Aussteigen der Passagiere zu beobachten. Unbewußt vollzog sie damit eine Handlung, die für viele der Inselbewohner seit langem schon zur Grundlage ihrer Tageseinteilung geworden war.

In einem Strom von lachenden und gestikulierenden Einheimischen ließ sie sich bis zur Anlegestelle treiben. Dort war die Luft erfüllt vom Gestank der Taxiabgase und dem Rauch, der aus dem dicken Schiffsschornstein kam. In einer ungeordneten Prozession zogen die Fahrgäste über die Gangway an Land. Wieder waren es hauptsächlich Einheimische, fast ausschließlich junge Leute, Männer und Frauen, die zum Wochenende vom Festland nach Hause kamen, laut und fröhlich begrüßt von jüngeren Geschwistern, Eltern und Großeltern. Natürlich waren auch ein paar der unvermeidlichen Alternativ-Touristen an Bord, die ihre schweren Rucksäcke den vom Wuchs her kleineren Einheimischen vor die Köpfe stießen, mitten auf der Gangway anhielten, um einen Turnschuh zuzubinden – eine Operation, für die sie während der Überfahrt anderthalb Stunden Zeit gehabt hätten – und, unten angekommen, sofort mit dem nächsten Taxifahrer ein unverschämtes Feilschen um den Fahrpreis bis zu einem vor einiger Zeit in Mode gekommenen Dorf auf der anderen Seite der Insel begannen.

Nein, dachte Bella, die während des vorangegangenen Abends und trotz des unangenehmen Traumes auch am Morgen noch die vorsichtige Überzeugung behalten hatte, der Aufenthalt auf der Insel könne dazu beitragen, ihre verlorengegangene ausgeglichene Gemütsverfassung wiederherzustellen, nein, das muß ich mir nicht ansehen.

Schon im Gehen begriffen, warf sie einen letzten Blick auf die Gangway und blieb entsetzt stehen. Sie kannte den Mann, der gerade als letzter das Schiff verließ. Es war Kranz. Lang, bleich und dünn, in der Hand eine Reisetasche, über der Schulter eine Kamera, kam er langsam die Treppe herunter.

Und Bella sah sich in der Nacht vor Eddies Kneipe auf einer Tonne sitzen. Vor ihr lag Beyers toter Körper, und auf ihrem linken Arm spürte sie die Hand von Kranz, während er sagte, ich werde Sie nach Hause bringen. Sie hatte die Hand abgeschüttelt.

Ihr erster Impuls war wegzulaufen. Im gleichen Augenblick begriff sie die Lächerlichkeit ihres Vorhabens. Langsam ging sie ins Dorf zurück.

Ich bin im Vorteil, dachte sie. Ich weiß, daß er hier ist, und kann ihm aus den Weg gehen. Er wird Gewohnheiten entwickeln, die ihn berechenbar machen. Wenn ich ihn nicht treffen will, kann ich es vermeiden. Natürlich wird er eine Bar suchen. Ich werde eine andere nehmen. Die Insel ist nicht groß, aber so groß ist sie schon, daß ich jemandem, den ich nicht sehen will, aus dem Weg gehen kann. Vielleicht macht er Ausflüge. Wozu hat er sonst die Kamera dabei. Ich muß ihn nicht treffen.

Bis sie die Plaza erreicht hatte, war sie wieder ruhig geworden. Sie würde sich ihren Urlaub nicht dadurch verderben lassen, daß ein Hamburger Polizist, der, wie sie fand, für den Tod ihres Freundes Beyer mitverantwortlich war, zufällig den gleichen Urlaubsort gewählt hatte wie sie. Aber sie spürte, daß mit der Ankunft von Kranz eine Wirklichkeit, die sie gern vergessen hätte, sie eingeholt hatte. Unwillkürlich war sie immer schneller gegangen. Als sie auf dem Platz vor der Bar angekommen war, wurde ihr deutlich, wie lächerlich ihr Verhalten war. Und das nicht erst, seit sie Kranz gesehen hatte. Ihr fiel ein, wie sie unter dem monddurchlässigen Strohdach gesessen und versucht hatte, ihren Verstand auszuschalten.

Als ob das etwas nützt, Bella Block, dachte sie und betrat entschlossen noch einmal die Bar.

Hier gefiel es ihr. Hier würde sie frühstükken und trinken, solange sie Lust hatte. Und ab sofort würde sie nicht mehr versuchen, ihren Verstand davor zu verschließen, daß sie einen kleinen Teil ihres Lebens verloren hatte und daß die Welt nicht aus Mondschein und Blumenduft, sondern aus Scheiße geformt war. Womit sich auch jedes Weglaufen von selbst erledigte.

Sie bestellte einen doppelten Gin und eine kleine Flasche Tonic. Den Teller mit Zitronenscheiben reichte ihr der Barkeeper mit einem Gesicht, als wollte er sich für seine Unfreundlichkeit vom Morgen entschuldigen. Bella sah ihn aufmerksam an, ließ sich aber nicht zu einem Lächeln bewegen. Sie trank den Gin in kleinen Schlucken, vor der Bar unter dem Dach der Gummibäume sitzend, zwischen streunenden Hunden und tobenden Kindern. Später sah sie weit entfernt Kranz vorüberziehen. Er suchte ein Hotel. Wäre er jetzt in die Bar gekommen – aber er kam nicht. Der Barkeeper hatte den dritten Gin gebracht. Die Kinder hatten den Platz verlassen. Ein paar Hunde lagen an den Stämmen der Bäume und schliefen. Bella wurde müde. Es war drei Uhr nachmittags, und von den Einheimischen war niemand mehr zu sehen. Auch der Kellner war, vielleicht nur für einen Augenblick, verschwunden. Bella fand, daß sie einsam war und ganz leicht. Wie ein Luftballon, dachte sie, ein blauer Luftballon an einem rotem Himmel. Langsam trank sie den Gin, legte, der Kellner war nicht wieder aufgetaucht, Geld auf die Tischplatte und ging. Sie ging durch enge Straßen, in denen die Mittagshitze stand. Sie fühlte sich wunderbar, und dafür war nicht nur der Gin verantwortlich.

In ihrem Zimmer war es kühl. Durch die Ritzen der Jalousien vor dem Fenster fiel Licht in klaren, regelmäßigen Streifen auf den steinernen Fußboden. Es war hell genug, um zu lesen, aber auch dämmerig genug, um bald einzuschlafen. Bella nahm Willys Aufzeichnungen zur Hand und legte sich auf das eiserne Bettgestell, nicht ohne einen bewundernden Blick auf die verschlungenen Ranken am Fußende geworfen zu haben. Kein Laut kam von der Straße herauf.

Willys Papiere II

Beschlagnahmte Mengen (Juni 89 – April 90, unvollständig)

Da die Marktpreise schwanken, gebe ich den Marktwert nur an, wenn er in der von Ihnen bevorzugten Zeitung ausdrücklich erwähnt wird. Ich versichere Ihnen, daß in den Meldungen jedesmal ein bewundernder Unterton enthalten ist. Sie sollten das Ding wirklich abbestellen.

Juni 89/55 Kilo(?)/Puerto Rico (55 Mio. DM)

Juni 89/4.160 Kilo Heroin/Mexico

Juni 89/15 Kilo Heroin/Tel Aviv (10 Mio. DM)

Juli 89/3,5 Kilo Heroin/Dhaka (1 Mio. Dollar)

Juli 89/520 Gramm Heroin/Amberg (200.000 DM)

Juli 89/4.500 Kilo Kokain/Kolumbien

Juli 89/6 Kilo Kokain/Lissabon

Juli 89/1 Kilo Kokain/Saarbrücken (100.000 DM)

Juli 89/117 Kilo Heroin/Mannheim – Amsterdam

August 89/21 Kilo Heroin/Haifa (30 Mio. DM)

August 89/150 Kilo Kokain/München (65 Mio. DM)

August 89/272 Kilo Kokain/Puerto Rico

August 89/3 Kilo Heroin/Augsburg (3 Mio. DM)

August 89/61 Kilo Heroin/Lagos

August 89/13 Kilo Heroin/Harwich (7,5 Mio. DM)

August 89/80 Kilo Kokain/Mazatlán

August 89/500 Kilo Kokain/Arica (Chile)

September 89/420 Kilo Heroin/Hongkong (420.000 Mio. Dollar)

September 89/330 Kilo Kokain/Tampa

September 89/9 Tonnen Marihuana/Tampa

September 89/350 Kilo Kokain/Stuttgart

September 89/8 Kilo Heroin/Paris

September 89/159 Kilo Kokain/Barton Rouge (17 Mio. Dollar)

September 89/135 Kilo Kokain/Mexiko

September 89/200 Kilo Kokain/Lissabon

September 89/900 Kilo Kokain/Florida

Oktober 89/75 Kilo Heroin/Karlsruhe (»zweistelliger Millionenbetrag«)

Oktober 89/5.000 Kilo Haschisch und Marihuana/Rotterdam

Oktober 89/8 Tonnen Kokain/Süd-Texas

Oktober 89/5 Tonnen Kokain/Golf von Mexiko

Oktober 89/10 Kilo Heroin/Enschede (1,4 Mio. DM)

Oktober 89/1 Tonne Marihuana/Nord-Mexiko

Oktober 89/119 Kilo Heroin/Baschale (Türkei)

Oktober 89/20 Tonnen Kokain/Los Angeles

Oktober 89/20 Kilo Opium/Usbekistan

November 89/(?)Canabis/Dover (10 Mio. DM)

November 89/1,2 Tonnen Haschisch/deutsche Yacht vor Schottland

November 89/1 Kilo Heroin/Ingolstadt (800.000 DM)

Dezember 89/330 Kilo Kokain/Rotterdam (26 Mio. DM)

Dezember 89/1 Kilo Heroin/Amsterdam (267.000 DM)

Dezember 89/2,5 Tonnen Kokain/Anaheim (Kalifornien) (2,75 Mio. Dollar)

Dezember 89/17 Kilo Heroin/Rom (4,4 Mio. DM)

Dezember 89/2 Tonnen Kokain/New York (760 Mio. DM)

Dezember 89/71,5 Kilo Heroin/München (35,7 Mio. DM)

Dezember 89/(?) Heroin/Bombay
(5 Mio. Dollar)

Dezember 89/21,5 Kilo Heroin/Tokio

Dezember 89/3,3 Tonnen Kokain/Mexiko

Dezember 89/6 Tonnen Haschisch/Marseille

Dezember 89/140 Kilo Kokain/Eindhoven
(17,9 Mio. DM)

Januar 90/2 Kilo Kokain/Kairo

Januar 90/125 Kilo Kokain/Florida
(420 Mio. Dollar)

Januar 90/113 Pfund Heroin/Aachen
(10 Mio. DM)

Februar 90/45 Tonnen Haschisch/Dordrecht
(450 Mio. Gulden)

Februar 90/86 Kilo Heroin/Mailand

Februar 90/23,7 Kilo Kokain/Yokohama
(20 Mio. DM)

Februar 90/4 Tonnen Haschisch/Antwerpen
(50 Mio. DM)

Februar 90/45,5 Kilo Haschisch/Bocholt
(450.000 DM)

April 90/175 Kilo Kokain/Galicien
(27 Mio. DM)

April 90/Heroin für 1,2 Millionen DM/bei
Köln

Mai 90/2,5 Tonnen Kokain/Mexiko
(7 Mio. DM)

Mai 90/408 Kilo Kokain/Brasilien

Mai 90/12 Tonnen Kokain/Bogotá usw. ...

Wenn wir davon ausgehen, daß etwa 95% des Stoffes, der im Umlauf ist, die Kundschaft erreichen (Zoll-Schätzung), dann müßten die oben angegebenen beschlagnahmten Mengen etwa 5% der im Umlauf befindlichen Menge ausmachen. Ich fand die Tatsachen so beeindruckend, daß ich Ihnen diese lange Liste vorlege, obwohl ich einsehe, daß die Lektüre selbst langweilig sein könnte.

Sie schlief traumlos und fest.

Abends ging sie hinunter, um ein Restaurant zu suchen. Außer der alten Frau, die sie am Morgen in der Küche gesehen hatte und die jetzt schlafend in einem Lehnstuhl am Rand des Innenhofes saß, war niemand im Haus zu sehen. Sie fand ein kleines Restaurant, in dem sie gebratenen Fisch aß und in Speck geröstete Datteln. Außer ihr saß dort nur ein junges einheimisches Paar mit einem herausgeputzten Säugling, der fest schlief. Dann machte sie einen Rundgang durch den Ort, der nur eine halbe Stunde dauerte. Sie sah andere verfallene Häuser, aber auch ein paar, die gerade aufwendig renoviert wurden, zwei Videoläden und so viele Bars, daß sie nach der siebten aufhörte zu zählen. Als sie an die Plaza kam, sah sie Kranz in ihrer Bar sitzen und auf den laufenden Fernseher starren. Er hatte einen Milchkaffee vor sich stehen und sah so aus, als hätte er zwei Jahre Polizeidienst ohne Urlaub und mit Überstunden hinter sich. Er sah sie, als sie die Bar betrat, und sie winkte ihm kühl und freundlich einen Gruß hinüber. Danach war klar, daß sie allein sein wollte und daß er ihren Wunsch respektieren würde. Bella stellte sich an die Bar, ließ sich einen kleinen Gin geben und hörte den Männern zu, die davon sprachen, daß sie alle gemeinsam ein starkes Thunfischboot anschaffen wollten, weil die Konkurrenz zu groß geworden war. Sie gewann den Eindruck, als hätten die Männer das Thema schon jahrelang erörtert. Es war, als sprächen sie über einen schönen Traum.

Die Tage vergingen in wunderbarer Gleichmäßigkeit. Bella schlief traumlos. Manchmal dachte sie, angeregt durch einen seltenen Blick in die Ordner, die Willy ihr mitgegeben hatte, darüber nach, ob hinter der Idylle, die sie umgab, vielleicht noch eine andere Welt verborgen war. Aber sie verfolgte den Gedanken nicht weiter. Konkrete Hinweise für Drogenkonsum auf der Insel hatte sie nicht. Und auch keine Lust, sich danach umzusehen.

Von ihren Wirtsleuten sah sie wenig. Sie hatte festgestellt, daß die beiden jungen Männer, die am ersten Tag die Bar verlassen hatten, als der Kellner die Bucht erwähnte, die Brüder Consuelos waren. Die beiden hatten Bella bei einer flüchtigen Begegnung im Haus freundlich gegrüßt. Auch Kranz sah sie manchmal am Abend in der Bar sitzen. Er war mehr unterwegs, als sie gedacht hatte. Anscheinend war er einer von diesen Leuten, die nicht glaubten, was sie gesehen hatten, wenn nicht zu Hause ein schlechter Abklatsch davon in irgendwelchen Fotomappen jederzeit greifbar war. Bella hatte sich angewöhnt, zum Frühstück, das sie gegen elf Uhr einnahm, ein paar spanische Zeitungen zu lesen. Sie las ohne besondere innere Beteiligung, eher um die Buchstaben anzusehen, aber immerhin so aufmerksam, daß sie ihrer Mutter bei ihrer Rückkehr ein paar Informationen über das Verhältnis von Kommunisten und Sozialdemokraten, über die Entwicklung der Linken und die Manöver der Rechten geben können würde. Sie las ein paar groß aufgemachte Berichte über Madrid und Gibraltar als Drogenhandelszentren, aber das Gelesene interessierte sie nicht. Es hätte sie eher interessiert und mehr zum Nachdenken veranlaßt, wenn sie gelesen hätte, daß in Spanien nicht mit Drogen gehandelt würde. Jeden Tag in der Mittagszeit schlief sie wie die Einheimischen ein paar Stunden. Am späten Nachmittag machte sie ausführliche Spaziergänge, bei denen sie mehr Ziegen, Schweine und Hunde traf als Menschen. Die Leute auf der Insel brachten ihr Vieh in Erdhöhlen oder engen Verschlägen auf den Terrassen der Berghänge unter. Vor jedem

Loch oder Stall war ein Hund angebunden, meist an einer kurzen Leine, der das kostbare Tier vor Dieben schützen sollte. Natürlich kläfften die lebendig unter der Sonne begrabenen Hunde jedesmal fürchterlich, wenn sich ein Mensch ihrer Umgebung näherte. Jemand, der sich für Bellas Spaziergänge interessierte, hätte allein an dem Hundegebell, das sie begleitete, die Richtung ihrer Wege ausmachen können. Aber es interessierte sich niemand für sie. Sie hatte sich dem Lebensrhythmus der Inselbewohner angepaßt. Und auch daß sie nicht arbeitete, war dabei nicht störend. Viele der Einheimischen arbeiteten nicht oder nur gelegentlich – nicht, weil sie nicht wollten, sondern weil es keine Arbeit gab. Daß die, die Arbeit hatten, beneidet und bewundert und die, die eine besonders gut bezahlte Arbeit hatten, fast wie Helden gefeiert wurden, begriff Bella eines Abends in der Bar.

Sie stand an der Theke, der Barkeeper stellte ihr den Gin inzwischen unaufgefordert hin, und hörte dem Gespräch der Männer zu. Kranz saß wie gewöhnlich vor dem Fernseher. Die Männer sprachen lebhafter als sonst. Sie tranken auch mehr. Bella sah, daß der Barmann ihre Getränke aufschrieb, alle zusammen auf einen großen Zettel.

Und was machst du, wenn du dir in den Bergen ein Bein brichst? Du bleibst liegen, bis du verreckst.

Wie sollte ich mir in den Bergen ein Bein brechen? Ich bin Fischer!

Alle lachten.

Jetzt hat die Lehrerin meinem Enkel erzählt, daß es vor zwanzig Jahren hier keine richtigen Schulen gab. Ich meine, sie soll das lassen. Die Kinder halten uns sonst für blöd.

Diesmal gab es Zustimmung. Die Männer waren alle älter, fünfzig und mehr, schätzte Bella. Es war Sonnabend. Sie hatten sich fein angezogen, einfache Sachen, die von den Frauen sorgfältig gewaschen und gebügelt worden waren. Sie musterte die Männer und stellte fest, daß zwei darunter sein mußten, die offenbar weder Frau noch Mutter noch Schwester noch Schwägerin hatten. Man sah es an ihren Kleidern. Sie waren auch in die Unterhaltung nicht so einbezogen wie die anderen. Es fehlte ihnen die Familie als starker Rückhalt, als Nachweis ihrer Potenz und ihrer Existenzberechtigung. In diesem Zusammenhang war es gleichgültig, ob die Männer arbeitslos waren oder nicht. Wenn es eine Gruppe von Menschen gab, die von ihnen abhängig war, von ihrer bloßen Existenz, von ihren Worten, dann verschaffte ihnen das Bedeutung. Natürlich wäre es noch schöner gewesen, wenn sie auch in jedem Fall dafür hätten sorgen können, daß immer ausreichend Geld zu Hause war. Aber es waren ja nicht einzelne, die die Arbeitslosigkeit getroffen hatte. Eher waren es einzelne, die Arbeit gefunden hatten. Und deshalb war auf der Insel ein Arbeitsloser mit Familie immer noch besser angesehen als einer, der weder Arbeit noch Weib und Kind hatte.

Inzwischen war das Gespräch wieder beim Ankauf des großen Thunfischbootes angekommen.

Wenn ich ausgesucht worden wäre, ich hätte mein Geld eingezahlt. Nicht alles, aber einen Teil hätte ich eingezahlt, sagte ein Familienvater. Ihm fehlten an der rechten Hand Daumen und Zeigefinger. Während er sprach, krümmte er die übriggebliebenen Finger zusammen, so daß sie den Rest einer Faust bildeten, und schlug damit auf den Tresen.

Wenn dich Elvira weggelassen hätte, sagte sein Nebenmann.

Alle lachten.

Der mit den fehlenden Fingern sah schweigend in sein Glas.

Trotzdem hat er recht, sagte der Nebenmann einlenkend. Einige werden reich und andere ...

Einige können es eben besser als andere, mischte sich der Barmann ein.

Er hatte seiner Bemerkung einen anzüglichen Unterton gegeben, der von den Männern richtig verstanden worden war. Sie lachten entsprechend. Ein Mann undefiniebaren Alters, der blöde war, vielleicht hatte er seinen Verstand versoffen, Bella hatte ihn tagsüber ziellos durch das Dorf streifen oder reglos am Straßenrand in der prallen Sonne sitzen sehen, machte eine obszöne Handbewegung.

So blöde sind sie nie, dachte Bella. Dazu reicht's immer.

Sie winkte nach einem weiteren Gin. Der

Kellner, der sie, abgesehen von dem kleinen Ausrutscher am ersten Abend, immer sehr aufmerksam bediente, bemerkte sie nicht. Er sah zur Tür.

Sie kommen, sagte er.

Alle wandten sich um. Über die Plaza, die aus dem Innern der Bar wie eine dunkle, geheimnisvolle Höhle, wie ein zufälliger Ausgang aus dem Dschungel aussah, kamen fünf junge Männer auf die Bar zu. Wenige bunte Glühbirnen baumelten in den Ästen der Gummibäume und beleuchteten die Gesichter der Männer und ihre Kleidung. Die Gesichter waren tiefbraun, und die Farben ihrer Pullover leuchteten.

Ein merkwürdiges Bild, dachte Bella. Es sieht aus, als kämen sie aus einer anderen Welt, als beträten fremde Eroberer ein Land, von dem sie sicher wissen, daß es ihnen gehören wird, weil sie sich für schöner, stärker und klüger als die Eingeborenen halten und es deshalb auch sind.

Und sie fragte sich, ob die Männer an der Bar ähnliche Gedanken gehabt hatten, denn es war für ein paar Sekunden auffällig still geworden, als die fünf unter den Bäumen aufgetaucht waren.

Gleich darauf wurde es um so lauter. Bella rückte freiwillig an den äußersten Rand der Theke. Die Angekommenen nahmen viel Platz ein und beherrschten sofort das Gespräch. Aber merkwürdigerweise enthielten ihre Erzählungen nichts, was Bella nicht auch schon von den anderen Männern gehört hatte.

Ihre Bedeutung liegt nicht in dem, was sie sagen, sondern in dem, was sie sind, dachte Bella.

Die beiden Söhne ihrer Wirtsleute, die unter den Angekommenen waren, zwei hübsche, einander sehr ähnelnde Jungen mit dunkel-olivfarbener Haut und krausen, schwarzen Haaren, erzählten, sie hätten gehört, daß der Bau der Straße endlich in Angriff genommen werden solle. Mit Hallo wurde ein kleines Mädchen begrüßt, das in langen weißen Strümpfen, Lackschuhen und einem geblümten, fast bis zum Fußboden reichenden Kleid gekommen war, um den Vater nach Hause zu holen. Der Vater, einer der Männer aus der Bucht, kaufte ein Eis, nahm seine Tochter bei der Hand und verschwand in der Dunkelheit. Als Bella einen neuen Gin bestellte, lachten die Männer ihr zu. Es war das erste Mal, daß sie ausdrücklich von ihr Notiz nahmen, und sie rückte ein Stück näher, um sich am Gespräch zu beteiligen. Die Männer bewunderten ihr Spanisch. Sie erzählte ihnen, daß ihre Mutter am Spanischen Bürgerkrieg teilgenommen hatte. Niemand wollte wissen, auf welcher Seite. Statt dessen interessierten sie sich dafür, was für ein Auto Bella fuhr. Als sie ihnen den alten Polizeiporsche beschrieb, spürte sie Bewunderung, besonders bei den Älteren, und es tat ihr leid, daß sie den Wagen erwähnt hatte. Sie bemerkte auch eine versteckte Aufmerksamkeit bei den Jüngeren, die sie nicht zu deuten wußte, und brachte, um die unangenehme Situation zu beenden, das Gespräch auf ein anderes Thema.

Und bei wem arbeiten Sie da drüben in der Bucht? Das müssen ja reiche Leute sein, nach allem, was man hört.

Niemand antwortete.

Oder gibt's da ein Geheimnis, fragte sie lachend, als noch immer niemand auf ihre Worte einging.

Wir zahlen dann, sagte einer der Brüder Consuelos.

Auch die anderen gingen. Bella hatte sich selten so ausgeschlossen gefühlt. Und so zurückgewiesen.

Ein Grund, dachte sie beim Verlassen der Bar, mich mit den beiden Jungs mal allein zu unterhalten. Vielleicht sind sie dann gesprächiger. Und im übrigen ist mir die Sache egal.

Sie ging nicht in ihr Quartier, sondern an den Hafen. Auf dem Weg dorthin hörte sie über sich ein merkwürdiges Lachen. Sie sah an den Felsen hoch, entdeckte aber niemanden. Es dauerte eine Weile, bis sie begriffen hatte, daß ein Lachmöwenpärchen über ihr in der Luft herumsegelte. Auf dem dunklen Wasser dümpelten die kleinen Holzboote. Diesmal hatte kein Segler im Hafen festgemacht. Neben der Hafenmauer lag das Schiff, mit dem die Männer aus der Bucht gekommen waren. Der Ponton war hochgeklappt und wirkte aus der Entfernung wie ein aufgerissenes schwarzes Maul.

Bella ging näher heran und betrachtete das Schiff von der Hafenmauer aus. Es war nichts Besonderes daran. Offenbar wurde es zum Fahren von Lasten benutzt. In der Mitte war ein kleiner, ziemlich neu wirkender Kran nachträglich aufgebaut worden. In einer Ecke an der Kajütenwand lag eine bunte Jacke auf dem Deck. Sie sah aus wie die Jacke der Frau mit dem Säugling, die bei der Herfahrt neben Bella auf der Fähre gesessen hatte. Weil sie wenig Lust verspürte, schlafen zu gehen, schlenderte sie weiter. Sie kam bis an den Tunnel, der durch den Felsen an die andere Strandseite führte.

Warum nicht, dachte sie nach langem Zögern und ging weiter.

Vielleicht traf sie Consuelo in der Bar und konnte ein wenig mit ihr reden. Auf der anderen Seite des Tunnels sah sie, daß die Bar geschlossen war. Eine einzelne, trübe Glühbirne schaukelte zwischen Bar und Veranda über der Straße. Sie glaubte, im schaukelnden Licht hin und wieder einen Schatten auf der Veranda zu sehen. Irgend jemand saß dort und sah auf das dunkle, in gleichmäßigen Abständen an den Strand klatschende Wasser.

Bella ging langsam weiter. Als sie nahe genug herangekommen war, erkannte sie Kranz, der ein Fernglas in den Händen hielt und auf den Strand oder das Meer starrte.

Sieh da, dachte sie belustigt. Der Polizeipsychologe Kranz betrachtet mit dem Nachtglas das heimliche Liebesleben der Inselbewohner.

Oder der Delphine? Was er wohl sagt, wenn ich ihn störe?

Aber sie beschloß umzukehren, ohne mit Kranz zu sprechen. Sie hatte mit sich selbst genug zu tun und keine Lust auf irgendeine dumme Geschichte. Sie würde nach Hause gehen und Willy den versprochenen Brief schreiben. Außerdem begann sie, sich auf der Insel zu langweilen. Es würde sich lohnen, ein paar Gedanken darauf zu verwenden, ob sie abfahren sollte. Sie wandte sich um und schlug den Weg zum Dorf ein.

Als sie vor Consuelos Haus stand, zögerte sie einen Augenblick. Ein Stück weiter die Straße hinauf fiel Licht auf das Straßenpflaster. Sie ging weiter und stand bald darauf vor einem niedrigen, bunt bemalten Haus. Das Licht war aus der geöffneten Tür gefallen. Eine Kneipe. Über der Eingangstür war das Wort »Deutschland« auf die Wand gemalt worden. Eine Kneipe mit Namen Deutschland. Bella ging hinein. Die Inneneinrichtung, ein Gemisch aus Gelsenkirchener Barock und Haziendastil, entsprach genau ihren Erwartungen. Aus zwei Lautsprechern hinter der Bar verkündete eine sanfte Männerstimme: Ich hab Sexäppihiel. Die Färbung der Stimme deutete auf die Abstammung des Sängers aus der Ostmark hin.

Bella hätte sich gern an den Tresen gestellt, aber der Raum war so klein, daß sie es vorzog, sich in eine Ecke unter das Schilfdach zu setzen, um nicht aufzufallen. Es kam niemand, um sie zu bedienen. Es roch nach Hasch. Zwei oder drei Einheimische tranken Wein. Zwei junge Frauen in grellbunten Riesenturnhosen und platten Turnschuhen mit rot verbrannten Armen und Gesichtern, ein älterer, großer, grauhaariger Mann in weißen, langen Hosen, der so aussah, als lebe er schon länger auf der Insel und suche nach Abwechslung, zwei schweigsame junge Männer in gut sitzenden Jeans und strahlend weißen Hemden, von denen jeder darauf wartete, daß der andere ihn ansprechen möge, und ein paar äußerlich und innerlich ausgefranste, berlinernde Punks waren die Gäste. Die Punks gaben sich so lässig, daß ihr Verhalten Bella an Kinder erinnerte, die im Dunkeln singen, um ihre Angst zu vertreiben. Bis auf die beiden Jungen in den weißen Hemden sprachen die deutschen Gäste laut und tranken Bier.

Bella wartete. Irgendwann sagte jemand neben ihr: Äih, du, gib Feuer. Da stand sie auf und verließ die Insel der Gemütlichkeit, beruhigt, denn nun wußte sie, daß die deutschen Jugendlichen, wenn auch in anderen Formen, das schon von ihren Eltern überall in der Welt verbreitete Bild lebendig halten würden. Während sie hinausging, wechselte jemand die Musikkassette. Anschließend gab es Flamenco zum Bier.

Es blieb ihr nichts weiter übrig, als endgültig nach Hause zu gehen. Dabei hätte sie sich gern noch ein wenig unterhalten. Sie hatte das schale Gefühl, das nach dem plötzlichen Ende des Gesprächs mit den Männern in ihr zurückgeblieben war, noch nicht überwunden. Sie wünschte sich, daß Consuelo in der Küche säße oder die alte Frau, die ihr morgens und abends freundlich zulächelte, wenn sie an ihr vorüberging.

Ohne ein überflüssiges Geräusch zu machen, öffnete sie die Haustür. Im Haus war es still. Der Duft der Blumen im Innenhof schlug ihr schwer entgegen. Sie blieb einen Augenblick stehen. Es war dunkel. Nur aus der halboffenen Küchentür fiel ein schmaler, scharfkantiger Lichtschein. Sie ging auf die Tür zu. Unter einem breitblättrigen, dunklen Gummibaum blieb sie stehen und starrte auf das Bild in der Küche.

Consuelo saß, ohne sich zu bewegen, auf einem Stuhl. Ihr Rock war hochgeschoben. Vor ihr kniete einer ihrer Brüder. Er hatte seinen Kopf in ihren Schoß gelegt und machte sich mit den Händen an ihren Oberschenkeln zu schaffen. Hinter ihr stand der andere Bruder. Er hatte seine Hände über ihre Schultern in den Ausschnitt des Kleides geschoben. Schweigend und konzentriert, mit einem fast schmerzlichen Gesichtsausdruck stand er da, als ob er versuche, die Frau durch die Bewegung seiner Hände zum Leben zu erwecken.

Bella wußte nicht, wie lange sie auf die schweigende, fast bewegungslose Gruppe gestarrt hatte, als sie sich endlich von dem Bild löste und lautlos in ihr Zimmer ging. Auch nachdem sie die Zimmertür hinter sich geschlossen hatte, blieb es still im Haus.

An der Tür stehend und in die Stille lauschend, spürte sie, daß sich während ihrer Abwesenheit eine fremde Person im Zimmer aufgehalten haben mußte. Sie roch den schwachen Zigarettenrauch. Dann sah sie, daß der Fensterflügel, den sie beim Verlassen des Raumes fest geschlossen hatte, nicht wieder eingehakt worden war. Jemand war im Zimmer gewesen, hatte geraucht und vor dem Verlassen des Zimmers gelüftet, ohne das Fenster wieder zu verschließen. Aufmerksam und ohne etwas zu berühren, blieb sie in der Mitte des Zimmers stehen und sah sich um. Als sie keine Veränderungen bemerkte, zog sie nacheinander die Kommodenschubladen auf, in denen sie ihre Sachen verstaut hatte. Auch hier war nicht Ungewöhnliches zu entdecken. Sie zog die Reisetasche unter dem Bett hervor. Natürlich hatte niemand einen Zettel mit der Aufschrift »Ich habe Ihr Zimmer durchsucht« hineingelegt. Sie war leer, wie sie gewesen war. Bella schlug die Bettdecke zurück und nahm das Kopfkissen hoch – nichts. Sie setzte sich auf das Bett und überlegte, was jemand bei ihr gesucht haben könnte. Ihr Reisepaß und die Lizenz fielen ihr ein, die sie in die oberste Schublade unter die Wäsche gelegt hatte. Sie ging noch einmal hinüber zur Kommode. Die Papiere lagen unverändert auf ihrem Platz. Also gab sie die Sucherei auf und ging ins Bad. Sie wusch sich, legte sich ins Bett und versuchte zu schlafen. Es ging nicht. Zum ersten Mal tat es ihr leid, daß sie keine Bücher mitgenommen hatte.

Sie griff nach einem weiteren von Willys Ordnern und begann zu lesen.

Willys Papiere III

Die USA sind führend in der Drogenbekämpfung. Bevor ich Ihnen die Maßnahmen der USA etwas ausführlicher darstelle, hier ein paar Fakten über das Land, die Ihre Zeitung veröffentlicht hat.

Fakten über die USA (1989/90)

I. Armut – 32 Mio. oder 13 % der Bevölkerung gelten als arm.
Lebenssituation: Die Armut wird ausgegrenzt. Der Mittelstand (Ich erinnere mich, daß Sie hin und wieder eine abfällige Bemerkung über diese Leute in unserem Land gemacht haben, erklären Sie mir doch bei Gelegenheit die Gründe.) sieht diese Menschen nicht mehr, weil sie hinter Mauern, in Ghettos, in Slums wohnen. Dorthin geht man nicht.
Kinderarmut: 23 % aller Kinder sind arm (Weltrekord).
Obdachlose: 3,5 Mio.

Mieten: 45% der armen Haushalte müssen 70% ihres Einkommens für Miete ausgeben. Die schwarzen Wohnquartiere der amerikanischen Städte gelten als völlig zerstört. (Ich weiß nicht, ob die für die Trümmer, in denen sie hausen, auch noch Miete zahlen müssen. Möglich ist es.)
Gesundheit: 63 Mio. US-Bürger haben keine Krankenversicherung. Nur 50% der Armen sind krankenversichert.
Schwarze: Mehr als 25% der Männer zwischen 16 und 19 Jahren sind im Knast oder unter staatlicher Aufsicht.
Bildung: 25% der Schüler verlassen die Schule ohne Abschluß (Schwarze: 35%, spanisch sprechende Jugendliche: 45%)
Gewalt: 1989 = 20.680 Morde (5% mehr als 1988)
Waffen: Eine mächtige Waffenlobby sorgt mit allen, auch kriminellen Mitteln und sehr viel Geld dafür, daß Erwerb und Besitz von Waffen möglichst unreglementiert bleiben. Selbstjustiz nimmt zu.

Ein paar Fakten zum Thema Rauschgift:

II. 1. Der nordamerikanische Markt setzt etwa 130 Mrd. Dollar jährlich im Rauschgiftgeschäft um.
2. Die USA nehmen den 3. Platz in der Reihe der Anbauländer für Marihuana ein (nach Mexiko und Kolumbien). Der amerikanische Bundesstaat Hawaii gibt an, die

Marihuana-Produktion sei inzwischen zum größten Industriezweig der Insel geworden. Anbau und Vertrieb bilden eines der größten Geschäftsunternehmen in den USA. (Hawaii gilt auch als Testgebiet für die neue Droge »Eis«, deren Wirkung länger anhält und die schneller süchtig macht als alle bisherigen Drogen.)

3. 1983 – 1987 erhöhte sich die Zahl der Rauschgiftopfer (ohne Alkohol, natürlich!) um 23% (1987 = 9.800 Tote aus Konsum).

4. Immer mehr Säuglinge werden mit Rauschgiftspuren im Blut geboren. Das Sterblichkeitsrisiko ist bei diesen Kindern fünfmal höher als bei anderen Säuglingen. Sie sind häufiger mißgebildet oder untergewichtig. Jedes 10. Neugeborene ist drogengeschädigt.

5. Der Präsident der USA verkündete 1990 ein 8-Mrd.-Dollar-Drogenbekämpfungsprogramm. Davon wird der allergrößte Teil für Waffen, Polizei und restriktive Maßnahmen gegen die schwarze Bevölkerung ausgegeben, u. a. werden 24.000 neue Gefängniszellen gebaut.

III. Washington – oder: Der Fisch fängt immer am Kopf an zu stinken (nicht von mir, aber passend, oder?)

1. 1989 = 438 Morde, die meisten davon im Zusammenhang mit Rauschgift. Bezo-

gen auf die Einwohnerzahl (700.000 EW, davon 3/4 schwarze Amerikaner) ist das die höchste Mordrate der USA.
2. Die Schulen Washingtons sind von einer »Rauschgiftepidemie« befallen.
3. In den elenderen Wohnvierteln versuchen eingeschüchterte Eltern vergeblich, ihre Kinder vor der bewaffneten Herrschaft der Rauschgiftmafia zu schützen.
4. In der Stadt gibt es 90 »offene Drogenmärkte«.
5. Die Hauptstadt der USA gleicht inzwischen einer »Stadt im Belagerungszustand«. Alte Militäreinrichtungen werden zu Gefängnissen umgebaut. Für Jugendliche wurde eine Ausgangssperre zwischen 23.00 und 6.00 eingerichtet (wurde inzwischen als verfassungswidrig vom Gericht rückgängig gemacht). In einige Viertel fahren keine Taxis mehr, Versicherungen übernehmen für bestimmte Gebiete keinen Versicherungsschutz. Zur Zeit wird der Plan diskutiert, besonders chaotische Stadtteile durch Mauern von den übrigen Gebieten zu isolieren!
6. In der Stadtverwaltung sind Korruptionsaffären an der Tagesordnung.
7. Im Januar 1990 wurde der Bürgermeister wegen Rauschgiftbesitzes festgenommen.

(Liebe Frau Block, ich weiß nicht, wie Sie Ihr Verhältnis zu Ihrer Mutter gestalten, ob Sie zum Beispiel über diese Aufstellung mit ihr sprechen werden. Wenn ja, scheint es mir nicht richtig, ihr die Fakten über die USA zu zeigen. So, wie ich sie kennengelernt habe, könnte ich mir denken, daß sie auf die Idee kommt, die Diskussion um »Gorbatschows falsche Politik« wieder aufzunehmen. Bitte, verzeihen Sie die Einmischung!)

Willys Papiere IV
Krieg der USA gegen das Rauschgift

Die angedeutete Entwicklung muß selbstverständlich eine staatliche Reaktion zur Folge haben. Keine Regierung der Welt kann es sich leisten, in einer solchen Situation tatenlos zu bleiben. Also begannen die USA den »Krieg gegen das Rauschgift«. Ich erspare mir die Aufzählung der Einsatzgebiete, Daten, Mengen von Soldaten und Waffen und die Wiedergabe der vollmundigen Reden des US-Präsidenten (der Junge muß Erfolge zeigen!) und fasse zusammen:

Die USA führen zwei in bestimmten Schichten der Bevölkerung populäre Kriege:

1. **Krieg nach innen:**
   – mehr Gefängnisse
   – mehr Gerichte
   – mehr Staatsanwälte
   – mehr Polizei
   – härtere Strafen
   – mehr Gesetze
   – Forderung nach Todesstrafe (der Präsident)

Da in den USA ca. 25 Mio. Drogenkonsumenten leben, kann der Krieg noch eine Weile dauern, und es können sich damit noch viele Präsidenten profilieren. Tendenzen zu einer rechtsradikalen Bekämpfungsstrategie sind deutlich.
(Dazu gehören auch die Privatkriege weißer Mittelschichten gegen illegale Einwanderer aus Mexiko, in denen inzwischen mehr oder weniger beiläufig Mexikaner erschossen werden.)

2. **Krieg nach außen:**
Es geht hauptsächlich um Waffenlieferungen in die sog. Anbauländer.

Es werden geliefert:
Transportflugzeuge
Militärberater
Soldaten
Hubschrauber
Militärflugzeuge
Handfeuerwaffen aller Art
Flugplätze
LKWs
gepanzerte Wagen
Schnellboote
Nachrichtenausrüstungen
Jeeps
Schützenpanzerwagen, usw.

Bella hatte keine Lust mehr weiterzulesen.

Stunden vergingen, ohne daß sie Schlaf fand. Schließlich spürte sie, daß sie durstig war. Sie stand auf und ging ins Bad. Unter der Tür, die in Consuelos Zimmer führte, war ein schmaler Lichtstreifen zu sehen. Sie rief leise: Consuelo. Als sie keine Antwort bekam, schaltete sie das Licht im Bad ein und trank Wasser aus einem Zahnputzglas. Sie stellte das Glas zurück. Ihr Blick fiel auf einen dunklen, sich bewegenden Fleck in einer Ritze zwischen den Fußbodenfliesen. Sie kniete nieder. Die kühlen Kacheln drückten gegen ihre Knie. Winzige Ameisen waren unter den toten Körper einer Biene gekrochen. Sie trugen ihn langsam vorwärts, bewegten ihn hin und her, stützten ihn seitlich und schoben ihn weiter. Bella stand auf, ging zurück, legte sich ins Bett und versuchte vergeblich zu schlafen.

Die Nacht hatte keinen Schlaf gebracht, aber am Morgen wußte Bella, daß sie nicht abreisen würde. Sie stand auf, duschte ausgiebig, betrachtete sich im Spiegel, sah eine ältere Frau mit kurzen Haaren und braunem Gesicht und spürte so dringende Lust auf Kaffee, daß sie beschloß, hinunter in die Küche zu gehen und sich dort einen aufzubrühen.

Sonne schien in den blühenden Innenhof. Die Blumen waren gegossen worden. Die Blätter glitzerten, und es roch nach feuchter Erde. An der Wand neben der Küchentür hing ein Käfig mit einem singenden Kanarienvogel.

In der Küche war Leben. Die alte Frau saß am Küchentisch und putzte Bohnen. Auf dem Tisch standen Kaffee und Weißbrot. Die Brüder saßen beim Frühstück. Als Bella in der Tür erschien, wurde sie freundlich begrüßt. Sie bat um einen Kaffee und wurde aufgefordert, Platz zu nehmen. Sie sagte ein paar Worte über den schönen Morgen und daß es bei ihr zu Hause jetzt vermutlich regnete. Die Brüder stellten Fragen nach der Stadt, in der sie lebte. Die alte Frau wollte wissen, ob Bella eine Familie habe. Bella erzählte ein wenig von ihrer Mutter. Die Brüder hörten eine Weile zu, verloren das Interesse an dem Gespräch und verabschiedeten sich. Bella beschloß, die alte Frau direkt nach der Arbeit in der Bucht zu fragen. Die Alte stand auf und schüttete umständlich den Bohnenabfall in einen schwarzen Müllsack. Sie hielt die Bohnen in einem Sieb unter fließendes Wasser und stellte das Sieb zum Abtropfen in den Ausguß. Sie kam an den Tisch zurück und setzte sich. Offenbar hatte sie einen Entschluß gefaßt.

Arbeit, sagte sie. Was man so Arbeit nennt. Viel Geld verdienen sie dort. Aber sie reden nicht darüber. Man sagt, sie bauen dort Häuser. Hat man schon mal gehört, daß Männer, die Häuser bauen, viel Geld verdienen? Das ist merkwürdig. Ich glaube, die machen da ganz andere Geschäfte. Die denken, ich wäre dumm. Die Jungen denken immer, daß die Alten dumm sind. Aber ich weiß sehr wohl, daß es nur eine Möglichkeit gibt, soviel Geld zu verdienen, daß es egal ist, wofür man es ausgibt. Sie sollten Fischer sein. Ihr Vater war Fischer. Wir hatten nicht viel Geld. Hier geschehen noch andere merkwürdige Dinge. Können Sie sich vorstellen, daß ein kleiner Gemeindeschreiber soviel Geld verdient, daß er ein teures, ausländisches Auto fahren kann? Es fragt ihn aber niemand, woher er das Geld hat. Weil es auf dieser Insel seit einiger Zeit eben Dinge gibt, über die man nicht spricht. Meine Enkel zum Beispiel sind jung. Montags, wenn sie abgeholt werden ...

Großmutter! Consuelos Stimme unterbrach die alte Frau scharf. Bella wandte sich um. Consuelo stand in der Tür. Ihr Gesicht war hart.

Sin lu, dachte Bella. Die Worte hatten plötzlich einen anderen Klang angenommen. Sie stand auf.

Was werden Sie heute tun, fragte Consuelo. Was tun Sie hier den ganzen Tag?

Es sollte freundlich klingen, aber das tat es nicht.

Ich lebe, sagte Bella und ging an ihr vorbei die Treppe hinauf. Die Brüder verließen das Haus. Oben hörte Bella durch die geschlossene Tür die laute Stimme Consuelos, die auf die alte Frau einredete. Bella nahm ihren Paß und die Lizenz aus der Schublade und steckte sie ein. Sie hatte das Bedürfnis zu laufen.

Am Nachmittag kam sie durch die ausgestorbenen Straßen zurück. Sie war aus dem Haus gegangen und auf der schmalen Asphaltstraße eine halbe Stunde bergauf gelaufen. Völlig außer Atem hatte sie sich an den Straßenrand gesetzt und auf das Dorf hinabgesehen. Es war warm und still gewesen. Selbst das gelegentliche Bellen der in den Bergen angeketteten Hunde hatte die Stille kaum unterbrochen. Sie war weitergegangen, jetzt langsam und gleichmäßig, so weit, bis sie das Dorf nicht mehr sehen konnte. Dann hatte sie sich in die Sonne gelegt und war eingeschlafen. Sie hatte noch nicht lange geschlafen, als sie von einem plötzlichen Regen geweckt worden war. In einer der vielen Höhlen in den Bergen hatte sie lange auf das Ende des Regens gewartet und war dann langsam zurückgegangen. Hin und wieder war sie von einem Auto überholt worden. Einmal hatte jemand angehalten, um sie mitzunehmen. Sie hatte den Kopf geschüttelt, ohne auch nur stehenzubleiben. Jetzt, als sie durch die einsamen Straßen kam, fühlte sie sich ruhig und müde. Sie würde schlafen und abends in die Bar gehen, wie immer.

Niemand war zu sehen, als sie das Haus betrat. Sie ging in ihr Zimmer, legte sich auf das Bett und schlief sofort ein. Als sie erwachte, war der Himmel vor dem Fenster dunkel geworden. Sie stand auf, putzte sich im Bad die Zähne – die Ameisen waren verschwunden – und spürte, daß sie Hunger hatte. Als sie in ihr Zimmer zurückkam, klopfte jemand an die Tür. Sie öffnete. Vor ihr stand einer der Brüder.

Sie versuchte zu lächeln. Bevor sie dazu kam, ein freundliches Gesicht aufzusetzen, sprach er sie an.

Wir möchten, daß Sie ausziehen, sagte er. Sein Gesichtsausdruck war gleichgültig und bösartig zugleich. Er musterte sie so, wie ein junger Mann eine ältere Frau mustert, die ihm einen Antrag gemacht hat, den er ekelhaft findet: angewidert und von oben herab. Bella antwortete nicht.

Sie ziehen gleich aus, sagte er. Sie schulden uns nichts.

Er wandte sich ab und ging, ohne eine Antwort abzuwarten. Bella schloß die Tür. Sie setzte sich auf das Bett und versuchte, sich über den aufgeblasenen Jüngling lustig zu machen. Es gelang ihr nur unvollkommen, und das zeigte ihr, daß ihre Erholung weit weniger Fortschritte gemacht hatte als notwendig. Sie zog die Reisetasche unter dem Bett hervor und packte ihre Sachen. Sie legte Geld auf die Kommode, etwa so viel, wie sie glaubte, für die Übernachtungen schuldig zu sein. Auf das Geld legte sie den Haustürschlüssel. Dann ging sie die Treppe hinunter. Im Haus zeigte sich niemand. Der Duft der Blumen im Innenhof kam ihr aufdringlich vor. Sie atmete auf, als sie die Tür hinter sich geschlossen hatte und auf der Straße stand.

Im Dorf gab es nur zwei kleine Hotels. Bella versuchte vergeblich, in einem von ihnen ein Zimmer zu bekommen. Wenn sie, nachdem sie mit den Portiers verhandelt hatte, an den Wänden hochsah, stellte sie fest, daß in jedem Hotel einige Fenster so aussahen, als seien die Zimmer dahinter nicht bewohnt. Nach eineinhalb Stunden vergeblichen Suchens stand sie mit ihrer Reisetasche auf der Plaza und überlegte, was zu tun war. Auf keinen Fall wollte sie versuchen, noch einmal in einem Privatquartier unterzukommen. Außerdem hatte sie immer noch Hunger, ein Problem, das sich leichter lösen ließ als die Zimmerfrage. Sie betrat die Bar und versuchte, den Kellner zu überreden, ihre Tasche für eine Weile aufzuheben. Es dauerte ein bißchen und kostete sie einen Tausendpesetenschein, bis er sich bereit fand, die Tasche wegzustellen, bis sie gegessen haben würde. Ohne Tasche fühlte sie sich wohler. Es kam ihr so vor, als starrten die Leute, die der warme Abend inzwischen in Scharen vor die Tür getrieben hatte, sie nicht mehr an wie eine Ausgestoßene.

Sie fand ein kleines Restaurant am Strand, eher eine Imbißbude mit Stühlen davor, aus der es herrlich nach frisch gebratenem Fisch roch. Während sie aß und kühlen, weißen Wein trank, spürte sie, wie langsam eine große Gleichgültigkeit über sie kam. Das Gefühl war angenehm. Es schien ihr plötzlich, als seien die Niederlagen in ihrem Leben bisher das Wesentliche gewesen. Wenn sie erfolgreich gewesen war, hatte sie nichts begriffen. Sie hatte nur sich selbst gesehen. Es war, als hätte sie nur in den

Niederlagen ein Stück ihres Lebens in der Hand gehalten und Zeit gehabt, es zu betrachten. Zum ersten Mal nach vielen Wochen dachte sie ruhig an die alte Frau aus dem Schrebergarten, deren Enkelin sie nicht vor dem Tod bewahrt hatte. Und das meckernde Lachen der Möwen, die über die Bucht segelten, schien ihr freundlich, ja sogar tröstlich zu sein. Sie dachte auch an ihren Freund Beyer. Nicht mehr an die auf der Straße aufgezeichneten, weißen Umrisse seines toten Körpers, sondern daran, wie er sie im Auftrag von Kohlau besucht hatte in dem alten Haus auf dem Land, und an die bewundernden Blicke, die er am Morgen nach ihrer ersten Nacht auf ihren nackten Körper unter dem zu engen Morgenrock geworfen hatte. Es schien ihr richtig, daß er gestorben war, bevor seine Arbeit ihn endgültig in eine dieser männlichen Maschinen verwandelt hatte, denen Karriere und die bedingungslose Identifikation mit sinnlosen Ordnungsprinzipien, die sie selbst aufgestellt hatten, die Bereitschaft zum Leben nahm. Es war, als hätte sie mit ihrer Reisetasche auch den Klumpen Schwermut in der Bar abgegeben, den sie seit Monaten mit sich herumgeschleppt hatte und der am ersten Abend auf der Insel unter dem Strohdach, trotz Mondschein und sanft klingender Worte, neben ihr gelegen hatte wie der zusammengerollte Hund auf dem steinernen Fußboden.

Sie sah auf den in der Dunkelheit grün blinkenden Leuchtturm an der Spitze der Mole, dachte an ihre Mutter, die behauptete, das natürliche Licht eines Leuchtturms sei rot, und lächelte entspannt in die Dunkelheit. Einmal erschien am Rande des Felsens, der die Bucht an der rechten Seite begrenzte, ein Licht auf dem Wasser. Er gehörte zu einem Motorboot, das in die Bucht kam und an der Kaimauer festmachte. Später glitt langsam die Fähre um das grüne Feuer des Leuchtturms, hell erleuchtet, ein Ensemble von Lichtern in Schiffsform, das sich in der Mitte der Bucht drehte und langsam rückwärts an der Mole vorbei an die Kaimauer schob. Die hölzernen Fischerboote schaukelten einen kleinen Augenblick unruhig auf dem Wasser, als die Wellen der Fähre sie erreichten. Bella zahlte den Fisch und den Wein und ging ruhig im Strom der Einheimischen zur Anlegestelle, um die Aussteigenden zu betrachten.

Nur wenige Menschen verließen die Fähre. Unter dem Dach eines Schuppens an der Anlegestelle sah sie Kranz, die Arme über der Brust gekreuzt, aufmerksam die Aussteigenden beobachtend. Er sah aus, als erwarte er jemanden.

Vielleicht kommt seine Frau, dachte Bella. Er sieht aus wie ein Ehemann, der seine Frau erwartet. Sie wollte ihn nicht stören und unterließ es, ihn anzusprechen, obwohl es ihr jetzt nichts mehr ausgemacht hätte.

Als letzte verließen zwei junge Frauen das Schiff. Sie sahen sich suchend um. Ihr Aussehen und ihr Verhalten erinnerten Bella an die beiden Frauen mit dem Kind, die mit ihr zusammen angekommen waren. Sie war nicht überrascht, als die beiden entschlossen auf das Motorboot zugingen, das kurz zuvor über die Bucht gekommen war und am Kai angelegt hatte. Die Frauen wechselten ein paar Worte mit dem Bootsführer und kletterten dann, unbeholfen und ohne daß ihnen jemand die Hand reichte, hinunter in das Boot. Bella sah sich um und versuchte, Kranz zu entdecken, um festzustellen, ob der Besuch, den er erwartet hatte, gekommen war. Aber sie konnte ihn nicht mehr sehen. Auf der Fähre waren die Lichter erloschen. Der Anlegeplatz war menschenleer, und Kranz war in der Dunkelheit verschwunden. Sie wartete darauf, daß das Motorboot ablegte. Es blieb liegen. Bella setzte sich auf eine Bank und beobachtete das Boot. Ein einzelner Mann kam im Dunkeln die Gangway der Fähre herunter. Er trug einen weißen Anzug und in den Händen zwei schmale, längliche Reisetaschen. Als er an ihr vorbeiging, sah sie, daß sein Leinenanzug sehr teuer gewesen sein mußte. Der sorgfältig ausrasierte Nacken des Mannes erinnerte sie an die beiden Billardspieler, die sie am ersten Abend durch das Fenster von Consuelos Bar beobachtet hatte. Der Mann ging auf das Motorboot zu und stieg ein, ohne die Taschen, die ihm der Bootsführer abnehmen wollte, aus den Händen zu geben. Er stellte sich mit den Taschen in der Hand an das Heck. Die beiden Frauen hatten sich hingesetzt, die Köpfe an die Rucksäcke gelehnt. Langsam und mit einem weichen Motorengeräusch setzte sich das Boot in Bewegung. Bella sah ihm nach, bis es hinter den Felsen verschwand. Sie blieb noch einen Augenblick sitzen. Es roch nach Wasser und den Fischen, die am Tage am Strand ausgenommen worden waren und deren Eingeweide auf den heißen, schwarzen Steinen gelegen hatten, bis die Möwen sie fraßen. Sie sah auf die Steine am Ufer. In der Dunkelheit schien es, als bewegten sie sich. Sie stand auf und ging ein paar Schritte über den schwarzen Sand, der Wärme ausstrahlte. Als sie nahe genug gekommen war, sah sie, daß Ratten zwischen den Steinen hin- und herliefen. Sie ging dichter heran. Die Ratten waren groß und hatten lange, nackte Schwänze. Sie ließen sich nicht stören. Bella sah ihnen zu und trat erst zurück, als die Ratten begannen, ihre Füße näher in Augenschein zu nehmen. Sie ging über den Strand zwischen umgekippten Booten hindurch, die sorgfältig auf schmale Hölzer gelegt worden waren. Die Boote, deren rote und blaue Bemalung in der Dunkelheit nicht zu erkennen war, lagen enger beieinander als sonst. Sie waren zusammengerückt worden, um Platz zu machen für einen Scheiterhaufen, der in der Mitte des Strandes aufgebaut worden war und sich dunkel gegen den dunklen Himmel abhob.

Bella erreichte die Promenade. Irgend etwas war anders als an den vergangenen Abenden. Es dauerte eine Weile, bis sie merkte, daß die Lichter an der Promenade ausgeschaltet worden waren. Es waren auch keine Menschen mehr unterwegs außer ein paar Kindern, die leise sprachen und wie Fledermäuse hin- und herhuschten. Bella sah über den Palmenplatz auf die Häuserfronten und auf die Leuchtreklamen der Bars. Nur hinter wenigen Fenstern brannte Licht, und auch die Leuchtreklamen waren ausgeschaltet. Sie hielt eines der Kinder an, die um sie herumliefen.

Warum ist es dunkel, fragte sie.

Aber das Kind kicherte nur und lief weiter. Es war ein hohes Kichern, fast so hoch wie der wirkliche Ton einer Fledermaus.

Dann glaubte sie, einen anderen Ton zu hören, ein dumpfes, regelmäßiges, weit entferntes Geräusch. Es war, als schlüge jemand auf eine dunkel gestimmte, große Trommel. Sie sah die leicht ansteigende, gerade Hauptstraße hinauf und nahm erst jetzt wahr, daß sich auf den Bürgersteigen rechts und links der Straße Menschen drängten. Sie standen im Dunkeln, und ihre Gesichter bildeten schemenhafte, verschwommene Flecke. Das dumpfe, langsame Trommelgeräusch schien näher zu kommen. Bella ging hinüber zu den Menschen auf dem Bürgersteig neben der Bar an der Plaza. Dicht an eine Hauswand gedrängt sah sie wie alle anderen die Straße hinauf, den Trommelschlägen entgegen, die jetzt wirklich lauter geworden waren und zwischen den Häusern dumpf widerhallten. Es war niemand zu sehen, der die Trommel schlug. Die Straße herunter kamen

Irrlichter. Die Trommel war jetzt sehr laut. Niemand sprach mehr. Feierliche Stille empfing den Zug, der nach und nach ins Blickfeld kam.

Schwarzgekleidete Frauen hielten Kerzen in den Händen. Sie gingen langsam, im Rhythmus der Trommel. Die Flammen der Kerzen waren groß und fast ruhig. Es waren viele Frauen, meist ältere. Sie nahmen die ganze Breite der Straße ein. Hinter ihnen her trugen junge Männer eine männliche Heiligenfigur, die die Hände segnend vorgestreckt hielt und im Licht der flackernden Kerzen wie ein Irrsinniger aussah.

Wie der Mörder der Schwarzen Dahlie, kurz bevor er den Oberleib seines Opfers vom Unterleib trennt, dachte Bella, die nach einem Grund suchte, den dumpfen Trommelschlägen und den gespenstischen Bildern zu entkommen.

Die Trommel wurde hinter dem Heiligen geschlagen. Ihr folgte eine Gruppe von Männern in weißen Umhängen und mit hohen, spitzen Hüten, die gleichzeitig Masken waren. Nur für die Augen waren schmale Schlitze ausgespart. Sie trugen Kreuze in den Händen. Die Kapuzenmänner waren eine so widerliche Mischung aus Ku-Klux-Klan und Heiliger Inquisition, daß Bella die Lust verlor, sie sich anzusehen. Sie richtete ihren Blick auf den gegenüberliegenden Bürgersteig, um die Gesichter der Menschen zu beobachten. Zwischen den Reihen der Kapuzenmänner hindurch sah sie, daß in dem Hauseingang ihr gegenüber, an die Wand gedrückt und von den vor ihnen Stehenden unbeachtet, die beiden Männer standen, die sie an ihrem ersten Abend in Consuelos Bar am Billardtisch gesehen hatte. Selbst aus dieser Entfernung und im Licht von Fackeln und Kerzen sahen sie nicht wie Einheimische aus. Sie waren Großstädter, die sich über den Mummenschanz, der sich vor ihren Augen abspielte, amüsierten. Bella sah, wie einer der beiden eine schwarz glänzende Spielzeugpistole hochhob. Nur am Schalldämpfer erkannte sie, daß die Pistole eine richtige Pistole war. Der Mann zielte auf sie. Sie ließ sich fallen. Putz, der sich durch den Schuß in die Mauer über ihr gelöst hatte, fiel auf sie herab.

Als sie aufstand, waren die Kapuzenmänner vorübergezogen. Niemand hatte den Schuß bemerkt. Auf einem hölzernen Gestell, das etwa acht Meter lang war, wurde ein bunter Fisch getragen, der so groß war, daß er den gegenüberliegenden Hauseingang verdeckte. Als der Fisch vorübergetragen worden war, war der Hauseingang leer. Es war ein kunstvoll angefertigter Fisch gewesen, aber Bella hatte keine Zeit, seine Bemalung zu bewundern. Sie überlegte, was sie tun sollte. Der Zug würde gleich zu Ende sein. Hinter dem Fisch kam nur noch ein Gruppe von Fackelträgern. Die Zuschauer begannen, sich dem Zug anzuschließen. Sie konnte nicht auf dem Bürgersteig stehenbleiben und warten, bis sie ein gutes Ziel abgab. Kurz entschlossen drängte sie sich ein paar Schritte vor und schlüpfte zwischen die Fackelträger. Niemand beachtete sie. Alle waren bemüht, ihren Schritt dem Trommelschlag anzupassen, und machten ernste Gesichter. Bella paßte sich ebenfalls an und mußte lachen. Ihr war eingefallen, was Willy sagen würde, wenn sie sie so sähe.

»Tanz der Vampire«, die große Ballszene vor dem Spiegel! Willy war Kino-Fan. Sie hatte ständig passende Vergleiche zur Hand.

Aber Bella lachte nur kurz und begann, Ausschau nach den Männern zu halten, die auf sie geschossen hatten. Sie waren nirgends zu sehen.

Der Zug hatte inzwischen die Promenade verlassen und sich am Strand um den Scheiterhaufen versammelt. Es waren viele Menschen zusammengelaufen, um zuzusehen. Die Kapuzenmänner hoben den Fisch auf den Scheiterhaufen.

Bella dachte, daß sie sich in der Menge bewegen sollte, um es den Männern wenigstens ein bißchen schwerer zu machen. Die Fackelträger hatten sich um den Scheiterhaufen gestellt. Sie steckten die trockenen Zweige an mehreren Stellen gleichzeitig in Brand. Plötzlich war der Strand hell erleuchtet. Der Widerschein des Feuers spiegelte sich im Wasser. Zwischen den unreglmäßigen, hohen Flammen sah Bella auf der anderen Seite des brennenden Fisches die grinsenden Gesichter der beiden Ganoven auftauchen und wieder verschwinden. Sie hatten dieses gewisse »Du-entgehst-uns-nicht-Grinsen«, das Bella schon immer für dumm gehalten hatte. Trozdem war sie nach wie vor ratlos, was zu tun war. Das Holz des Scheiterhaufens war trocken, und man hatte es locker aufgeschichtet. Der Fisch bestand aus Pappe und Papier. Das Ganze würde nur sehr kurze Zeit brennen. Was sollte sie tun, wenn das Feuer heruntergebrannt war und die Leute das Interesse verloren und zurück in die Häuser gingen? Sie konnte sich schlecht in der Asche verkriechen. Wieder sah sie durch die Flammen den Kerl, der auf sie geschossen hatte, zu ihr herübergrinsen. Sie sah nur ihn, nicht seinen Spießgesellen. Sie versuchte zu erkennen, von welcher Seite der andere sich ihr näherte. Es war unmöglich. Langsam, Schritt für Schritt, ging sie um das Feuer herum. Sie hoffte, die richtige Richtung eingeschlagen zu haben, um ihrem Fänger nicht in die Arme zu laufen. Dann sah sie ihn. Er stand mit dem Rücken zu ihr und blickte suchend über die Menge. Bella fand, daß die Flammen schon bedenklich niedrig geworden waren, und überlegte, ob sie es wagen sollte, zurück auf die Promenade zu laufen. Im gleichen Augenblick zog jemand an ihrer Jakke. Sie wandte sich um, sah eine Frau, die ihr ein Zeichen machte und zu laufen begann. Sie rannte in die Deckung einer Touristengruppe. Bella lief hinterher, ohne zu überlegen. Sie überholten die Gruppe, erreichten den Marktplatz, wandten sich nach links, weg von der Hauptstraße, liefen, liefen und hockten schließlich hechelnd hinter zwei am Straßenrand aufgestellten Müllcontainern. Niemand war ihnen gefolgt. Es stank. Bella versuchte, flach zu atmen, um den Gestank nicht in den Mund zu bekommen und gleichzeitig ihren Atem zu beruhigen. Sie beugte sich vor. Die Flammen am Strand waren in sich zusammengefallen. Ein Haufen rot glühender Asche war übriggeblieben. Die Leute schlenderten zurück. Im gleichen Augenblick gingen die Lichter auf der Promenade an, und auch die Straßenbeleuchtung brannte wieder. Direkt über den beiden Mülleimern strahlte eine Laterne.

Wir müssen hier weg, sagte Bella.

Wortlos erhob sich die Frau und bot Bella ihren Arm. Untergehakt und betont langsam gingen beide ein Stück weiter. Plötzlich zog die Frau Bella am Arm. Neben der Straße lag ein mit einer Mauer eingefaßtes Bananenfeld. Die Mauer war alt und bröckelig.

Das Loch, sagte die Frau leise. Etwa fünf Meter vor ihnen hatte die Mauer ein Loch, groß genug, um hindurchschlüpfen zu können. Die wenigen Schritte bis dahin kamen Bella wie eine Ewigkeit vor.

Sie krochen fast gleichzeitig durch das Loch und standen gleich darauf in dem Bananenfeld. Durch die Blätter der Stauden fiel nur wenig Licht. Bella sah, daß die Frau schwarze Haare hatte und eine weiße Haut. Sie war jünger, aber das Licht reichte nicht aus, um ihr Alter genauer zu schätzen.

María, sagte die Frau. Bella hatte den Eindruck, daß sie lächelte. Und Sie?

Bella, sagte Bella und lächelte ebenfalls.

Beide schwiegen einen Augenblick.

Das Schwierigste wird sein, Sie am Pförtner vorbei in mein Appartement zu bringen, sagte María. Das Feld reicht bis an die Rückseite des Hotels. Ich würde Ihnen nicht raten, in Ihr eigenes Quartier zurückzukehren.

Würden Sie mir erklären ...

Später, sagte María. Kommen Sie jetzt.

Sie hatte eine energische Stimme, die klang, als sei sie gewohnt, Dienstboten Befehle zu erteilen. Bella folgte ihr widerspruchslos und mit einer gewissen Begeisterung, wenn sie an ihr eigenes, nicht vorhandenes Quartier dachte. Sie durchquerten das Bananenfeld, stolperten über umgebrochene, abgeerntete Stauden, traten auf leere Kunststoffflaschen, die in der Dunkelheit nicht rechtzeitig zu erkennen waren, und standen schließlich vor der Rückwand eines dreistöckigen Gebäudes.

Mein Hotel, flüsterte María. Bitte, warten Sie hier. Ich bitte den Nachtportier, mir eine Flasche Wasser zu besorgen. Er wird in die hintere Küche gehen. Sie müssen sich sehr beeilen. Achten Sie auf die Rezeption, wenn Sie am Hauseingang sind. Wenn ich allein bin, laufen Sie an mir vorbei die Treppe hinauf in den zweiten Stock. Ich komme nach, sobald ich das Wasser habe.

Muß es Wasser sein? fragte Bella. Wein ...

Zählen Sie bis zehn, wenn ich um die Ecke gegangen bin. Dann kommen Sie nach, sagte María, ohne auf Bellas Frage einzugehen.

Bella wartete, zählte, als María verschwunden war, bis zehn, ging ihr nach, sah, daß sie allein vor der Rezeption stand, lief leise durch den Flur und die Treppen hinauf und setzte sich oben auf die letzte Stufe. Sie hörte María mit dem Portier sprechen. Dann wurde der Fahrstuhl in Bewegung gesetzt. Gleich darauf erschien María auf dem Flur, im Arm eine Plastikflasche mit Wasser und den Finger auf den Lippen. Sie schloß eine Tür am Ende des Ganges auf. Bella betrat einen weiteren kleinen Flur, die Tür wurde hinter ihr geschlossen. Sie atmete auf.

Wir werden im Wohnzimmer kein Licht machen, sagte María. Rechts ist das Bad, wenn Sie sich die Hände waschen wollen.

Bella ging ins Bad und wusch sich Hände und Gesicht. Auf der Ablage unter dem Spiegel standen teure Parfüms und Kosmetika. Überall lagen weiße Handtücher mit den eingestickten Initialen »MA« herum. Auf einem Tischchen waren unbenutzte Handtücher gestapelt. Bella nahm eines davon in die Hand. Es war weich und duftete schwach nach Mandelblüten. Das Fenster des Bades war sehr klein und gab den Blick auf einen Innenhof frei. Bella ging zurück und traf María in der Küche. Sie hatte ein hohes Glas zur Hälfte mit Gin gefüllt und sah Bella fragend entgegen.

Nehmen Sie Eis und Zitrone?

Bella nickte. Sie sah María zu, die das Glas mit Tonic, Eis und Zitrone auffüllte. Sie mochte etwa vierzig Jahre alt sein, eine typische Südländerin, klein und zierlich, die schwarzen Haare zu einem lockeren Knoten im Nacken zusammengesteckt. Sie trug weiche, flache Krokolederschuhe, eine schwarze Leinenhose und eine schwarzseidene Jacke. Die Hose hatte einen Krokogürtel, und die dicken, goldenen Ohrringe waren echt.

María drückte Bella das Glas in die Hand, schaltete das Küchenlicht aus und ging voran in das Wohnzimmer. Vor dem Fenster, dessen Vorhänge zurückgezogen waren, lag ein schmaler, langgestreckter Balkon. Schwaches Licht, das von den tiefer liegenden Straßenlaternen oder vom Namenszug des Hotels zu kommen schien, fiel darauf. Ohne das Licht anzuschalten, öffnete María die Flügel der Balkontür, zog zwei Sessel davor, setzte sich und winkte Bella, Platz zu nehmen. Bella setzte sich, trank einen Schluck und wartete. Das Licht auf dem Balkon war abwechselnd gelb und blau. Sie saßen so, daß sie von unten nicht gesehen werden konnten.

Ich bin María Agosta, sagte die Frau.

Bella überlegte einen Augenblick, ob sie den Nachnamen kannte. Aber sie verband nichts damit.

Meine Familie lebt in Madrid. Meine Tochter ist drogensüchtig. Seit zwei Jahren. Vor vier Wochen ist sie verschwunden. Ich habe ihre Spur bis auf die Insel verfolgt.

Wie konnten Sie das, fragte Bella, die wußte, daß kaum etwas schwieriger war, als Süchtige zu finden, die sich nicht finden lassen wollten.

Wie ich das konnte? fragte die Frau scharf. Was glauben Sie, was ich seit zwei Jahren tue? Dinge, von denen Sie vermutlich noch nie gehört haben.

Erzählen Sie es mir, sagte Bella. Sie hatte den Eindruck, daß die Frau sie verächtlich musterte. Als sie zu sprechen begann, war ihre Stimme beherrscht.

Madrid. Die Kunsthauptstadt Europas. Treffpunkt der Kunst-Schickeria aus aller Welt. Liebste, Sie müssen den Prado sehen. María gab ihrer Stimme einen bornierten Unterton, der nicht zur ihr paßte. Nicht diesen gräßlichen Guernica-Schinken. Nein, Liebste, die Alten. Farben, Liebste, – die Seele Spaniens in Farben.

Bitte, sagte Bella. Sie wollten von sich sprechen.

Ja, sagte María und hatte wieder ihre eigene Stimme. Und an jeder Straßenecke gibt es Stoff. Und der ist nicht nur für die Schickeria. Der ist für unsere Kinder. In den Trabantenstädten hat fast die Hälfte der Jugendlichen keine Arbeit. Sie nehmen das Zeug, weil sie es am Anfang umsonst bekommen. Kinder, zehn oder elf Jahre. Überall liegen die Drogenbestecke herum.

Die Händler fahren die Ware im Kinderwagen durch die Gegend. Mindestens fünf Prozent der Jugendlichen in den Vorstädten sind süchtig. Und das kostet Geld. Sie stehlen alles, was sie bekommen können. Es gibt Handelsplätze, auf denen die gestohlenen Waren verkauft werden. Ein zweiter Markt für die Hausfrauen, wissen Sie. Nahrungsmittel, Bettwäsche, Kleider, alles kann man da kaufen. Mütter, die selbst kaum Geld haben, kaufen gestohlenes Zeug dort billig ein. Damit ihre Kinder – es gibt Vorstädte, da haben fast alle Familien drogensüchtige Kinder.

Sie wohnen nicht in einer Vorstadt, sagte Bella und dachte an die Handtücher im Bad, die sicher nicht auf dem zweiten Markt in Madrid gekauft worden waren.

María schwieg.

Nein, sagte sie dann. Wir wohnen nicht in einer Vorstadt. Wir wohnen in einer besseren Gegend in einem wunderschönen Haus. Als vor unserem Haus zum dritten Mal jemand niedergeschlagen und beraubt wurde, haben wir uns dem Sicherheitsdienst angeschlossen. Wir in den feinen Stadtvierteln haben private Sicherheitsdienste. Unser Wachpersonal ist mit Revolvern ausgestattet. An den Einfallstraßen in unserem Viertel lassen wir die Ausweise der Leute kontrollieren, die die Bürgersteige vor unseren Villen benutzen wollen. Unsere Kinder lassen wir unter Bewachung in die Schule gehen. Wir würden die Polizei damit beauftragen. Aber wir wissen nicht, welche Polizisten mit den Dealern zusammenarbeiten und welche auf unserer Seite stehen. Wir lassen die Kinder aus den Schulen auch von Bewaffneten abholen. Und trotzdem hat es nichts genützt.

María schwieg wieder.

Bella wartete und schwieg ebenfalls.

Es ist nichts Besonderes, sagte María hart. Ich kenne inzwischen so viele Mütter – es ist nichts Besonderes. Seit Monaten bin ich mit ihnen auf der Plaza del Sol – jeden Sonnabend. Die Frauen, deren Kinder sterben, kommen weiter dorthin. Wir werden von Woche zu Woche mehr. Frauen, natürlich. Die Männer in den Familien reden von Schande und wollen nichts damit zu tun haben. Wenn du Glück hast, bricht deiner zusammen unter der Last der Schande. Dann mußt du nur noch nach einer Seite kämpfen. Auf der anderen hast du einen Pflegefall. Und wenn du ganz besonderes Pech hast, dann geht deiner in die Politik. Da liest du dann am Montag in der Zeitung, daß die wildgewordenen Mütter von der Plaza del Sol aufhören sollen, auf der Straße Druck auszuüben. Sie wollen nämlich nichts ändern. Sie sind gekauft.

Sie wollten von Ihrer Tochter sprechen, sagte Bella leise.

María antworte nicht gleich. Die Frauen sahen auf den Balkon, der sich abwechselnd gelb und blau färbte. In der linken Ecke des Balkons bewegte sich ein Schatten am Boden.

Das ist nichts, sagte María. Es sind nur Ratten.

Bella sah angestrengt in die Ecke. Jedesmal, wenn der Balkon erhellt wurde, sah sie eine gelbe oder eine blaue Ratte aus dem Abflußrohr kriechen. Bevor die Ratten das schützende Loch verließen, hoben sie den Kopf und schnupperten mit hochgezogener Oberlippe in die Luft. Die dünnen Barthaare waren deutlich zu erkennen.

Man kann hier nicht bei offener Tür schlafen, sagte María. Am ersten Abend habe ich das Loch zugestopft. Aber es hat keinen Sinn. Sie schaffen es immer wieder. Wenn man in die Hände klatscht, verschwinden sie, aber nur für kurze Zeit. Sie beugte sich vor und klatschte leise und scharf in die Hände. Die Ratten, es waren inzwischen fünf oder sechs, zögerten einen Moment, bevor sie in das Abflußrohr zurückliefen. Im aufflackernden blauen Licht sah Bella, daß die letzte kurz hinter der Rohröffnung sitzen geblieben war. Ihr langer, nackter Schwanz blieb sichtbar.

Ich würde gern noch etwas trinken, sagte Bella.

María stand auf. Ich bin eine schlechte Gastgeberin, sagte sie entschuldigend und nahm Bella das Glas aus der Hand. Einen Augenblick, bitte.

Bella hörte sie ins Bad gehen und gleich darauf in die Küche. Dann kam sie mit dem gefüllten Glas zurück, drückte es Bella in die Hand und setzte sich neben sie. Bella hatte den Eindruck, daß sie sich wieder gefaßt hatte. Ein schwacher Duft ihres teuren Parfüms wehte herüber.

Meine Tochter ist zwanzig Jahre alt, sagte sie. Ihre Stimme war ruhig. Ich glaube, daß sie das Zeug seit zwei Jahren nimmt. Natürlich haben wir es am Anfang nicht gemerkt. Damals haben wir nicht gewußt, daß ein großes Haus und ein paar teure Autos die Kinder nicht schützen. Wir waren stolz auf die Freiheiten, die wir ihnen ließen. Wir haben gemeinsam gelacht über ihre Abenteuer. Morgens beim Frühstück hat sie sich über ihre Verehrer lustig gemacht, und wir hatten alle unseren Spaß daran. Und dann kam sie immer seltener an den Frühstückstisch. Sie war – ich möchte Sie nicht langweilen. Ich weiß inzwischen, was eine ganz gewöhnliche Drogenkarriere ist. Ich möchte nicht mehr darüber sprechen.

Beide schwiegen. Bella stellte fest, daß sie darauf wartete, daß die Ratten wiederkämen. Sie zwang sich, den Blick von der Ecke des Balkons abzuwenden. Sie sah in den Himmel. Ein paar hundert Meter weiter begannen die Berge. Sie sah die dunklen Umrisse und auf der Spitze des ersten größeren Berges eine angestrahlte Jesusfigur mit ausgebreiteten Armen. Sie stellte sich Prozessionszüge vor, die an heißen Tagen den Berg hinaufkrochen, alte Leute und Kühe inbegriffen, und nahm ihren Blick zurück auf den Fußboden. Die erste Ratte steckte ihren spitzen Kopf witternd aus dem Rohr. Sie hatte einen abgebrochenen Zahn und eine größere Narbe im Nackenfell. Sie sah aus, als hätte sie irgendwann einen heftigen Kampf nur mit Mühe überstanden und sei deshalb vorsichtig geworden.

Bella fand, sie hätten lange genug geschwiegen. Eine ganz leichte Unruhe hatte sie erfaßt. Irgend etwas stimmt nicht, signalisierte dieses Gefühl, aber sie bemühte sich vergeblich herauszubekommen, was es war.

Würden Sie mir erzählen, wie Sie auf diese Insel gekommen sind, fragte sie und wandte sich María zu.

María antworte sofort, so, als sei sie froh, weitersprechen zu können.

In den letzten Monaten habe ich mein Kind verfolgt, sagte sie. Ich wollte wissen, wo Anna sich aufhält. Ich wollte wissen, wer ihre Freunde sind und wer ihr das Zeug verkauft. Wußten Sie, daß Süchtige keine Freunde haben?

Und ob ich das weiß, Herzchen, dachte Bella. Aus irgendeinem Grund ging ihr die Frau plötzlich auf die Nerven. Es ist ihre Klasse, dachte sie, es ist einfach die Klasse, die ich nicht ausstehen kann. Der Herr Gemahl geht unter die Politiker und läßt sich von der Drogenmafia bestechen, und Madame vertreibt sich die Zeit damit, das kaputte Töchterchen zu suchen.

Anna ist vor mir geflohen, wenn sie mich sah. Ich traf einen Jungen, mit dem sie befreundet gewesen war. Er hat mir Stoff gegeben. Ich wollte selbst ...

O Gott, dachte Bella, es reicht, aber María brachte den Satz nicht zu Ende.

Entschlossen sagte sie: Jedenfalls hat er mir erzählt, daß Anna in eine Bio-Kommune wollte, hier auf der Insel. Ich habe ihm nicht geglaubt. Wir haben unsere Tochter nicht so erzogen, daß sie auf jeden Hokuspokus hereinfällt. Aber dann war sie verschwunden. Ich habe ganz Madrid nach ihr abgesucht. Es blieb mir nichts anderes übrig, als hierher zu fahren. Ich war nicht davon überzeugt, sie hier zu finden. Und dann sah ich auf dem Schiff diesen Mann. Ich hatte ihn ein paarmal in Madrid gesehen. Ich glaube nicht, daß er mit Drogen handelt. Vielleicht ist er eine Art Geldeintreiber. Ich weiß es nicht. Jedenfalls war er auf dem Schiff. Und seitdem weiß ich, daß sie hier ist.

Ist das nicht ein sehr vager Anhaltspunkt? Ich meine, Sie sehen in Madrid ein paarmal einen Mann, in der Drogenszene, vermute ich, treffen ihn hier wieder und schließen daraus, daß Ihre Tochter hier sein muß? Fehlen da nicht noch ein paar Kleinigkeiten? Oder ist es Mutterinstinkt, der Ihnen ...

Es ist Ihre Sache, ob Sie mir glauben, sagte María, während sie aufstand. Wenn Sie der Meinung sind ...

Bitte, ich wollte Sie nicht kränken.

Bella war eingefallen, daß sie nicht wußte, wo sie schlafen sollte, und sie nahm sich vor, freundlich zu sein und ihr Mißtrauen für sich zu behalten. Schließlich, was für einen Grund außer natürlicher Hilfsbereitschaft gab es für die Frau, ihr zu helfen – eben, dachte sie, was für einen Grund gibt es?

Ich möchte mir nur ein genaueres Bild machen von Ihnen, von meiner Situation. Diese beiden Burschen haben versucht, mich umzubringen. Sie haben mir geholfen. Weshalb?

María setzte sich.

Verzeihen Sie, ich bin nervös. Ich bin seit Tagen auf der Insel und weiß nicht, was ich tun soll. Es war ein Zufall, daß ich Ihnen helfen konnte. Dieser Mann – er ging vom Schiff, als wir ankamen, bestieg ein Motorboot, das im Hafen lag, und fuhr davon. Ich sah ihn zwei Tage nicht.

Bella dachte an den Mann mit den zwei Reisetaschen, auf den ebenfalls ein Motorboot gewartet hatte, sagte aber nichts.

Am dritten Tag sah ich ihn wieder. Er kam von der Fähre, und er brachte den anderen mit. Sie sind hier geblieben. Sie wohnen im Haus neben der Kirche. Ein paarmal waren sie für längere Zeit in dem Haus, in dem die Verwaltung der Insel ihren Sitz hat. Sie haben nicht viel Kontakt mit den Einheimischen. Nur abends spielen sie Billard in der Bar von Consuelo. Ich habe sie nicht aus den Augen gelassen. Zweimal haben sie sich mit dem Mann unterhalten, der das Transportschiff fährt, das im Hafen liegt. Heute abend sind sie nicht Billard spielen gegangen. Sie haben sich den Umzug angesehen wie die anderen auch. Ich stand neben ihnen. Ich habe gesehen, wie sie auf Sie gezielt haben. Sie haben schnell reagiert. Ich bin Ihnen gefolgt. Am Feuer haben sie es dann nochmal versucht. Den Rest wissen Sie.

Sie redet, als ob es um ihren Kopf ginge, dachte Bella. Es ist eine Art Verzweiflung in ihr, die nicht ihrer Tochter gilt. Sie hat Angst. Das ist es. Aber auf mich ist geschossen worden.

Wissen Sie, wohin dieses Motorboot fährt, fragte Bella, obwohl sie die Antwort kannte.

Ja, es fährt in die Bucht.

Da war es wieder, dieses Wort, das sie schon ein paarmal gehört hatte. Und jedesmal war eine unangenehme Situation damit verbunden gewesen.

Waren Sie dort?

Nein, antwortete María. Ich hab's versucht. Von den Fischern wollte mich niemand fahren. Aber ich weiß, daß Anna dort ist. Irgendwie werde ich hinkommen.

Sie stand entschlossen auf, trat auf den Balkon und sah hinunter. Unten mußte das Bananenfeld liegen, durch das sie vor einer Stunde gelaufen waren. Dann kam sie zurück und schloß die Balkontür.

Wegen der Ratten, sagte sie. Sie können die Lüftungsklappe offen lassen heute nacht. An den Scheiben werden sie wohl nicht hochkriechen. Ich würde Ihnen raten, heute nacht hier zu bleiben.

Sie zog die Vorhänge zu und schaltete eine kleine Stehlampe an. Zum ersten Mal sah Bella das Zimmer genauer. Es war ein typisches Wohnzimmer im typischen Appartement eines einfachen Hotels. Der übliche Couchtisch mit ein paar Sesseln, das Sofa, das man ausziehen konnte, um zwei Personen darauf unterzubringen, eine Anrichte mit billiger Keramik. Über dem Sofa hing ein Marienbild in kitschigen Farben. Der Fußboden war aus Stein.

Ich habe meine Reisetasche in der Bar an der Plaza, sagte Bella und stand ebenfalls auf. Sie überlegte, ob sie María von dem gekündigten Zimmer erzählen sollte, ließ es aber bleiben.

Als hätte María ihre Gedanken erkannt, sagte sie, wir reden morgen weiter, ja? Ich bin müde. Im Bad finden Sie, was Sie brauchen. Das Bettzeug ist in der Anrichte.

Danke, sagte Bella. Ich wünsche Ihnen eine gute Nacht.

María verließ das Zimmer. Bella machte sich ihr Nachtlager zurecht. Dann ging sie ins Bad. María hatte die herumliegenden Handtücher auf einen Haufen geworfen. Sie sahen sehr sauber aus. Bella nahm sie einzeln in die Hand. Sie waren unbenutzt. Sie spülte ihr Gesicht mit kaltem Wasser ab, überlegte, ob sie eine der herumstehenden Cremes benutzen sollte, und ließ es bleiben. Sie ging zurück ins Wohnzimmer, löschte das Licht und legte sich hin. Es dauerte eine Weile, bis sie einschlief. Sie hatte Zeit genug, darüber nachzudenken, was geschehen war. Sie hatte ihr Zimmer verloren. Jemand hatte versucht, sie umzubringen. María hatte sie gerettet. María war seit mehreren Tagen auf der Insel, ohne daß sie sie gesehen hatte.

Sie sieht nicht aus wie eine Frau, die sich in Bars aufhält, dachte Bella, vielleicht liegt es daran. Trotzdem hätte ich sie irgendwo treffen müssen. Ihre Geschichte kann wahr sein oder auch nicht. Auf jeden Fall hat sie Angst. Und morgen wird sie mich fragen, ob ich mit ihr in die Bucht fahre.

Bevor sie entschieden hatte, was sie dann tun würde, war sie eingeschlafen.

Sie lag noch auf dem Sofa, als sie hörte, daß María die Wohnung verließ. Die Sonne schien auf die Vorhänge vor der Balkontür. An der Außenseite des rechten Vorhangs fehlte ein Stück der Befestigung. Das Zimmer sah billig und trostlos aus. Während sie sich im Bad die Zähne putzte, hörte sie María zurückkommen. Sie ging in die Küche. Der Frühstückstisch war gedeckt, und der Kaffee war fertig. María sah älter aus als am Abend zuvor in der Dunkelheit. Sie machte einen ruhigen und entschlossenen Eindruck. Neben einem Korb mit länglichen, kleinen Weißbroten lag eine zusammengefaltete Karte der Insel. Während María den Kaffee eingoß, betrachtete Bella den großen Brillanten in einer einfachen goldenen Fassung an ihrer linken Hand.

Wir Spanier frühstücken nicht so üppig wie Sie in Deutschland, sagte María lächelnd. Ich habe ein bißchen Schinken und Käse geholt. Sie müssen doch furchtbaren Hunger haben. Wenn Sie gegessen haben, erzählen Sie mir, weshalb die Männer auf Sie geschossen haben, ja?

Ich weiß es nicht, sagte Bella, während sie ein Brötchen aufschnitt. Ich hab wirklich keine Ahnung.

Sie hatte eine vage Vermutung, zu unklar, um darüber zu sprechen.

Ich habe die beiden nur einmal zuvor gesehen. Da spielten sie Billard. Sie spielten nicht besonders gut. Vielleicht wollten sie eine Zeugin beseitigen.

Das sollte ein Scherz sein, aber Bella erkannte selbst, wie lahm er war und daß sie sich eine zusätzliche Erklärung abringen mußte.

Ich hatte gestern einen schlechten Tag, sagte sie. Am Nachmittag habe ich mein Zimmer verloren. Ein bißchen viel für eine Frau, die auf dieser schönen Insel nichts weiter sucht als Ruhe und Erhohlung, finden Sie nicht?

María sah sie aufmerksam an.

Wo haben Sie gewohnt, fragte sie und legte dabei ihr Gesicht in nachdenkliche Falten.

Oh, in einem wunderschönen Haus, direkt neben der –, Bella sprach nicht weiter.

Neben der Kirche, beendete María ihren Satz. Sie haben mit Ihren Mördern unter einen Dach gewohnt.

Bella fand den Satz zu pathetisch und lachte.

Na, sagte sie, noch lebe ich ja. Nur mein Gepäck ist vorübergehend abhanden gekommen. Aber das werde ich nach dem Frühstück abholen.

María sagte nichts und lachte auch nicht.

Ich möchte Sie um einen Gefallen bitten, sagte sie nach einer Weile. Für Sie ist es vielleicht eine kleine Sache. Aber mir würden Sie sehr helfen.

Sie machte eine Pause. Bella sah sie aufmerksam an und wartete.

Ich habe mich entschlossen, zu Fuß in die Bucht zu gehen. Ich bitte Sie, mich zu begleiten. Es gibt keine andere Möglichkeit für mich, dorthin zu kommen. Ich habe alles versucht. Wenn wir zusammen gehen, könnten wir es schaffen.

Hören Sie, sagte Bella. Ich bin Ihnen wirklich dankbar dafür, daß Sie mir gestern abend geholfen haben. Und ich danke Ihnen für die Übernachtung. Aber was Sie da vorhaben, ist Wahnsinn. Selbst wenn Ihre Tochter wirklich da unten sein sollte, und bisher haben Sie dafür keinerlei Beweise, was glauben Sie, können Sie dort tun? Das Töchterchen ans Händchen nehmen und fein nach Hause führen? Weil die liebe Kleine nur darauf gewartet hat, daß Mama kommt und sie mitnimmt? Wenn Ihre Tochter wirklich in der Bucht ist, weshalb geht sie dann nicht, wenn es ihr dort nicht gefällt?

Sie hielt ein und dachte: O Gott, Block, was redest du für Quatsch. Als ob es nicht genügend Leute gäbe, die sich in Scheiße suhlen, merken, daß es stinkt, und trotzdem nicht aufhören.

Sie stand auf, stellte sich ans Fenster und sah hinaus. Unten auf der Straße versuchte ein gehbehinderter, alter Mann ein fahrbares Gestell, das ihm als Laufhilfe diente, um einen an einem Laternenmast befestigten Papierkorb herumzumanövrieren. Er kam nur zentimeterweise vorwärts. Noch vier Zentimeter, und er würde festsitzen.

Es war sehr still in der Küche.

Nein, sagte sie entschlossen, ich komme nicht mit. Ich hole meine Tasche und nehme die nächste Fähre. Mir ist es hier zu ungemütlich. Ich verschwinde.

María gab keine Antwort. Der Alte unten saß jetzt tatsächlich fest. Ein Hund kam vorbei, schnupperte an dem Laufgestell, hob das Bein und pinkelte an den Laternenmast. Der Alte versuchte, einen Fuß zu heben, um den Hund zu verscheuchen. Es mißlang.

Bella wandte sich um. María hatte die Arme auf den Tisch gelegt und ihr Gesicht darin verborgen. An ihren Schultern war zu sehen, daß sie heftig weinte. Bella fielen die beiden Kerle ein, die auf sie geschossen hatten. Natürlich hatte sie allen Grund, sich diese verdammte Bucht näher anzusehen. Sie zog einen Stuhl heran, setzte sich neben die weinende Frau und legte eine Hand auf ihre Schulter. Sie blieb eine ganze Weile so sitzen. María beruhigte sich nur langsam. Schließlich hob sie den Kopf und sah Bella fragend an.

Bringen wir es hinter uns, sagte Bella seufzend. Sie hatte das Gefühl, als hätte sie ihr Todesurteil gesprochen. Aber zu meinen Bedingungen, fügte sie entschlossen hinzu.

María brachte ein verrutschtes Lächeln zustande. Bella sprach energisch weiter.

Sie werden, bevor wir losgehen, irgend jemanden hier in unseren Plan einweihen. Irgendeine vertrauenswürdige Person. Es muß ja nicht gerade der Hotelportier sein. Kennen Sie jemanden, der in Frage kommt?

María nickte. Der Mann, bei dem ich vor ein paar Tagen einen Wagen gemietet habe, sagte sie. Ich habe ihn nach der Bucht gefragt. Seine Reaktion ließ darauf schließen, daß er nicht mit denen unter einer Decke steckt.

Gut, sagte Bella. Und nun lassen Sie uns die Karte ansehen.

Hatte sie vorher nur daran gedacht, daß es gefährlich werden könnte, unbewaffnet den beiden Killern wieder zu begegnen, die sich nach dem mißlungenen Mordanschlag möglicherweise in die Bucht zurückgezogen hatten, so begriff sie jetzt, daß der Weg über die Berge auch ohne herumballernde Ganoven einen großen Kraftaufwand erfordern würde. María war mit dem Wagen die Gegend abgefahren. Sie hatte die nach ihrer Meinung günstigste Abstiegsstelle auf der Karte mit einem Kreuz gekennzeichnet. Das Kreuz war neben der Straße angebracht, die in den Süden der Insel führte. Um zu dieser Stelle zu gelangen, würden sie einen Fußmarsch von mindestens vier Stunden hinter sich bringen müssen. Vier Stunden bergauf in sengender Sonne, ohne Schatten spendende Bäume und ohne Schutz vor neugierigen Blikken.

Gibt es keine andere Möglichkeit, fragte Bella entsetzt.

Wir könnten ein Taxi nehmen, schlug María vor.

Was? Bella schrie fast. Mit dem Taxi auf Gangsterjagd. Das ist es, was ich schon immer mal wollte. Und der Taxifahrer? Wer sagt uns denn, daß er hinterher nicht schnurstracks zu dem Motorboot fährt oder dem Lastkahn und unser Kommen ankündigt?

Ein paar hundert Meter hinter der Abstiegsstelle ist eine Bar, sagte María leise. Wir könnten uns zu der Bar fahren lassen und ihm erzählen, daß wir dort oben essen wollen. Vielleicht könnten wir ihm sagen, daß wir den Weg zurück zu Fuß gehen wollen.

Bella starrte María an.

Haben Sie eine Waffe, fragte sie.

Ich habe eine Taschenlampe. sagte María.

Ist ja prima, sagte Bella. Vielleicht noch eine Hutnadel oder etwas in der Art?

Bella ließ sich ein Stück Papier geben, schrieb ihre Hamburger Telefonnummer auf und eine kurze Mitteilung für Willy. Sie steckte den Zettel in einen Briefumschlag und schrieb darauf: Señor Pineda, bitte innenliegende Telefonnummer in drei Tagen (von heute an gerechnet) ab morgens neun Uhr anrufen und die dazugehörige Botschaft weitergeben. So lange versuchen, bis es geklappt hat.

Die Mitteilung an Willy enthielt eine genaue Lagebeschreibung der Bucht und eine Liste der Polizeidienststellen, die umgehend informiert werden sollten. Bellas Überlegung war, daß sie, wenn alles gut ginge, den Briefumschlag rechtzeitig wieder abholen konnte. Gab es Schwierigkeiten, die sie daran hinderten, innerhalb von drei Tagen zurückzukommen, hielt sie es für sicherer, die Hamburger Polizei zu informieren. María bestand darauf, dic Polizei der Insel einzubeziehen. Bella war dagegen. Schließlich einigten sie sich darauf, auch die Polizeiwache der nächst gelegenen Großstadt auf dem Festland anzugeben. Bella versuchte, María klarzumachen, daß Señor Pineda unter Umständen ihre einzige Chance sein würde, und erkundigte sich immer wieder nach seiner Zuverlässigkeit. María schwor Stein und Bein, daß sie ihm vertrauen könnten, und gab als Beweis einleuchtende Passagen des Dialogs wieder, den sie mit dem Autovermieter über die Bucht geführt hatte. Bella hätte gern selbst mit ihm gesprochen, bevor sie ihn ins Vertrauen zog.

Nach längerem Hin und Her kamen die Frauen zu dem Schluß, es sei besser, wenn sie sich bis zur Abfahrt nicht auf der Straße zeige. María wurde beauftragt, einen kleinen Rucksack zu besorgen. Während sie unterwegs war, um den Rucksack zu kaufen und für nachmittags das Taxi zu bestellen, suchte Bella sich ein paar passende saubere Sachen in Marías Kleiderschrank, was bis auf Hose und Schuhe auch einigermaßen gelang. Dann setzte sie sich an den Küchentisch und überlegte noch einmal gründlich, an welchen Stellen ihrer Unternehmung Probleme auftauchen konnten und wie ihnen zu begegnen war.

Das Taxi würde sie bis zu der Bar in den Bergen bringen. Dort würden sie sich mit Getränken und eventuell etwas Proviant eindecken und den Abstieg antreten. Der Weg war steil. Bis sie den Platz oberhalb der Bucht erreichten, würde es voraussichtlich Abend sein. Sie würden so weit absteigen, wie es möglich war, ohne gesehen zu werden. Den Abend, die Nacht und den nächsten Vormittag würden sie dann nutzen, die Vorgänge in der Bucht zu beobachten, insbesondere würden sie herauszufinden versuchen, ob Marías Tochter sich dort unten aufhielt. Wäre dies der Fall, das wußte Bella, kam der schwierigste Teil: Sie würde María davon zu überzeugen haben, daß sie auf dem schnellsten Wege das Gelände verlassen, in der Bar ein Taxi rufen und zurückfahren mußten. Dann sollte María versuchen, offiziell mit der Polizei der Bucht einen Besuch abzustatten – Entführung der Tochter sollte als Grund angegeben werden. Was sie selbst betraf, so war Bella noch immer unentschlossen, ob sie die Verfolgung der beiden Männer aufnehmen oder, wenn alles überstanden war, möglichst bald abreisen sollte. Sie wollte die Entscheidung von dem abhängig machen, was sie in der Bucht beobachten würde.

In Wirklichkeit, Bella Block, dachte sie, hast du keine Lust, dich mit zwei wild gewordenen, kleinen Fuzzis rumzuschlagen. In Wirklichkeit hast du auch keine Lust, Doña María in die Abgründe der Drogenszene zu folgen. In Wirklichkeit bist du das größte Schaf, das auf dieser schönen kleinen Insel herumläuft. Und das nicht nur, weil dir ein paar anstrengende Stunden und eine ungemütliche Nacht in einer Felshöhle bevorstehen.

María kam zurück. Señor Pineda sei ein bißchen erstaunt gewesen, habe aber schließlich freundlich reagiert. Der Rucksack war groß genug, um zwei Wasserflaschen und ein paar belegte Brote zu transportieren. Und María hatte ein paar Turnschuhe in Bellas Größe erstanden – was nicht so einfach gewesen war, bei den in Spanien üblichen kleinen Größen. Bella haßte Turnschuhe. Als die Dinger vor ihr auf dem Küchenfußboden standen, kamen sie ihr vor wie die Verkörperung der blödsinnigsten Unternehmung, die sie in ihrem ganzen Leben vorgehabt hatte. Aber sie paßten.

Dann gab es nichts mehr zu tun. María begann, ihre Sachen zu packen und das Appartement aufzuräumen. Sie wollte auf jeden Fall nach Beendigung der Aktion abfahren. Bella saß auf dem Sofa, starrte auf die Jungfrau Maria über der Anrichte und wünschte sich zum ersten Mal seit Monaten, Gedichte ihres Großvaters lesen zu können. Sie langweilte sich und war froh, als das Taxi vor der Tür stand. María bestand darauf, den Portier vom Empfang wegzulocken, und organisierte irgend etwas am Telefon, bevor sie hinunterging. Bella folgte ihr wenig später. Der Portier war tatsächlich nicht zu sehen. Bella betrat die Straße und verschwand im Taxi, das direkt vor dem Hoteleingang hielt, ohne daß jemand sie gesehen hätte. Sie fuhren los. Schon als Bella aus dem Hotel gekommen war, hatte ihr die Hitze auf der Straße fast den Atem genommen. Auch im Taxi war es unerträglich heiß. Schon nach wenigen Minuten spürte sie, daß ihr der Schweiß den Rükken hinunterlief. Auf Marías Oberlippe bildeten sich kleine Schweißperlen. Sie öffneten die Wagenfenster, was den Taxifahrer mit einem Seitenblick auf den Rucksack zu einer freundlichen Bemerkung über Wandern im Sonnenschein veranlaßte und wenig Erfrischung brachte. Die Südseite der Insel, die sie sich für ihren kleinen Ausflug ausgesucht hatten, lag im prallen Sonnenlicht. Es gab keine Bäume, nur vertrocknetes Gras, Steine und Felsen. Nirgends eine Andeutung von Schatten.

Sie erreichten die Bar und sagten dem Taxifahrer, sie würden ihn anrufen, wenn sie ihn für die Rückfahrt brauchten. Wahrscheinlich aber würden sie zu Fuß gehen.

Der Ausblick auf die Insel und auf das tiefblaue Meer war schön. Die Bar war mit der Rückseite an einen Felsabhang gebaut worden. Ein Panoramafenster ließ den Blick auf die Berglandschaft und das Meer frei. In der klaren Luft der Schlucht vor dem Fenster segelten ein paar Möwen. Bella fühlte sich, als sei sie auf dem Dach der Welt. Plötzlich war sie locker und glücklich. In der Bar, die offenbar hauptsächlich von LKW-Fahrern genutzt wurde, deren Job darin bestand, tagaus, tagein mit dreißig Stundenkilometern über die gewundenen Bergstraßen zu kriechen, saßen nur wenige Männer. Die Frau hinter der Theke war etwa vierzig Jahre alt und sah so finster und zäh aus, als habe sie die meiste Zeit ihres Lebens in Berghöhlen verbracht. Bella hätte den bevorstehenden Abstieg lieber mit ihr als mit María unternommen.

Wenigstens hat sie die goldenen Klunker weggelegt, dachte sie nach einem Seitenblick auf ihre Begleiterin.

Dann löste sie sich endgültig von dem Blick aus dem Panoramafenster und setzte sich an die Bar. María folgte ihr widerspruchslos. Der Mann neben Bella trank eine trübe gelbe Flüssigkeit. Bella bestellte das gleiche. María bestellte Wasser. Die gelbe Flüssigkeit erwies sich als eiskalter, köstlicher Landwein. Nach dem zweiten Glas verspürte Bella den dringenden Wunsch, ihr möchten Flügel wachsen, damit sie in den blauen Tälern kreisen könnte wie die Möwen.

Gaviota, sagte sie versonnen, hat man schon mal so ein schönes Wort für Möwe gehört?

Die Frau hinter der Theke lächelte ihr zu. Häßlicher hätte auch die böse Fee im Märchen nicht lächeln können. Als sie Bella, ohne zu fragen, das dritte Glas Wein einschenkte, wurde María unruhig. In den Regalen hinter der Bar standen braune Keramikkannen, die Männer mit riesigen Schwänzen darstellten.

Bitte, sagte María leise, gerade als Bella mit der Frau ein Gespräch über den Mann in der Kunst anfangen wollte, bitte, wollen wir gehen?

Ja, sagte Bella, gehen wir, hier versteht mich ja doch keiner. Aber sie war sich nicht sicher. Die böse Frau hatte plötzlich so ein breites Grinsen gehabt.

María hatte Wasser und Brötchen gekauft. Bella bot sich an, den Rucksack zu tragen, aber María ließ es nicht zu. Bella war viel zu glücklich, um sich darüber Gedanken zu machen. Sie gingen ein paar hundert Meter auf der Straße zurück und begannen den Abstieg.

Der Weg war steil und beschwerlich. Immer wieder mußten sie stehenbleiben und versuchen, eine geeignete Stelle für den nächsten Schritt zu finden. María ging voran. Während der ersten Stunde spürte Bella kaum eine Anstrengung. Als die Wirkung des Weines nachließ, begann sie, die sengende Sonne als unangenehm zu empfinden. Der Weg sah aus, als sei er seit Jahren nicht mehr benutzt worden. Je weiter sie kamen, desto klarer wurde Bella, worauf sie sich eingelassen hatte. Sie kamen nur langsam voran und wurden immer langsamer. Nach zwei oder drei Stunden, die Sonne stand schräg, würde aber noch lange nicht untergehen, war von der Bucht noch immer nichts zu sehen. Statt dessen erhob sich vor ihnen ein mittelgroßer, kahler Berg, der nach Marías Angaben unbedingt überwunden werden mußte. Bella setzte sich auf einen Stein und ließ sich die Karte geben. Außer, daß María recht hatte, konnte sie nichts feststellen. Es blieb ihnen nichts weiter übrig, als den Berg zu besteigen. Immerhin bestand die Chance, von oben wenigstens eine Andeutung der Bucht sehen zu können. Beim Weitergehen merkte Bella, daß ihr die Wadenmuskeln weh taten. Trotzdem war das Bergaufsteigen eine Abwechslung und Erleichterung. Was für zähe Frauen doch die spanische Oberschicht hervorbringt, dachte sie in einem Anflug von Galgenhumor, während sie hinter María her marschierte.

Nach einer weiteren Stunde hatten sie den Gipfel des Berges erreicht. Sie hatten einen wunderschönen Ausblick auf das Meer bei untergehender Sonne. Sie sahen auch eine Bucht, die aber offensichtlich unbewohnt war. María schien das zu beflügeln.

Hier, sagte sie und zeigte auf die Karte. Wir sind auf dem richtigen Weg. Diese Bucht ist kleiner und liegt vor der anderen.

Bella sah auf die Karte und mußte ihr zum zweiten Mal recht geben. Im stillen verfluchte sie ihre Bereitwilligkeit, sich an dieser Expedition zu beteiligen. Sie hatte keine Lust mehr zu laufen und wünschte sich zurück in die Bar am Felsabhang. Aber der Weg zurück war inzwischen genauso weit wie der, der noch vor ihnen lag. Und schließlich, was hätte sie María sagen sollen? Mir tun die Füße weh? Also gingen sie weiter, und sie fühlte sich verschwitzt und lächerlich. Sie spürte jedes einzelne ihrer hundertachtundvierzig Pfund, als sie den nächsten und, wie sie hoffte, letzten Berg in Angriff nahmen. Die Sonne ging unter. Es wurde nicht wesentlich kühler, aber wenigstens störten die sengenden Strahlen im Nacken nicht mehr. Sie erreichten die Kuppe des letzten Berges. Vor ihnen lag in lilafarbenem Licht die Bucht; ganz weit unten zwar, aber es waren deutlich winzige weiße Häuschen und eine Hafenanlage zu erkennen. Auf dem Abstieg dorthin gab es weder Baum noch Strauch. Falls jemand dort unten auf die Idee kommen sollte, den Bergrücken hinter der Bucht genauer in Augenschein zu nehmen, mußten sie bald deutlich zu erkennen sein.

Wir warten, bis es dunkler wird, sagte Bella entschlossen. Da drüben, kurz oberhalb der

Bucht, liegen ein paar Felshöhlen. Von da haben wir einen guten Überblick. Und da werden wir schlafen. Um nach unten zu kommen, warten wir das Mondlicht ab.

María war einverstanden. Sie gingen noch ein paar Schritte weiter, um einen bequemen Platz zum Ausruhen zu suchen. Schließlich fanden sie eine kleine Terrasse, auf der sie bequem beide Platz hatten. Bella war so erschöpft, daß sie das Wasser, das María ihr anbot, nicht trank. Sie legte ihren Kopf auf einen runden, warmen, schwarzen Stein, streckte sich aus und schlief sofort ein.

Als sie aufwachte, war es dunkel. Der Mond war aufgegangen und beleuchtete die Stelle, auf der María gelegen hatte. Sie sah unglaublich leer aus. María war verschwunden.

Es war klar, daß jetzt erst der wirkliche Teil des Abenteuers beginnen würde. Trotzdem versuchte Bella, diese instinktive Erkenntnis eine Weile vor sich selbst zu verbergen. Sie setzte sich auf, lehnte sich mit dem Rücken an den Berghang und sah sich um. Das Mondlicht war schwächer, als sie erwartet hatte. Es war, als würde es von den dunklen Felsen verschluckt. Dafür waren die Grillen um so lauter. Es schien Bella, als säße sie mitten in einem Schwarm, so sehr war sie von den Stimmen der Grillen umgeben. Von weiter her war das Quaken von Fröschen zu hören, sehr leise, aber sie hatte weiter unten eine Zisterne gesehen, und sie wußte, es würde sehr viel stärker werden, je näher sie der Bucht kam. Hin und wieder schrie ein Esel in die Stille, und einmal heulte ein Hund.

María kam nicht zurück.

Was für einen Grund konnte sie gehabt haben zu verschwinden? Waren sie entdeckt worden? Wohl kaum. Hatte María sich vom Schlafplatz entfernt und verlaufen? Auch das war unwahrscheinlich. Der Weg war zwar beschwerlich gewesen, aber es gab unterwegs viele Orientierungspunkte, und María hatte einen gewandten Eindruck gemacht.

Ein bißchen zu gewandt vielleicht für eine Frau aus Madrid, in den besten Jahren und aus den besten Kreisen.

Bella begann nachzudenken, was an Marías Verhalten sie daran hätte hindern müssen, sich auf ihren Vorschlag einzulassen. Ihre Geschichte war nicht unglaubwürdig gewesen. Alles, was Bella selbst über dic Drogenszene in Madrid wußte, ließ sich mühelos damit in Übereinstimmung bringen. Eigentlich gab es nur zwei Dinge, die merkwürdig gewesen waren: die Handtücher, die nicht benutzt worden waren, aber es hätte natürlich auch die Marotte einer reichen Frau sein können, Handtücher anzufassen und wegzuwerfen, sozusagen ein Zeichen für Überfluß; und die Angst, die manchmal hinter ihren Worten zu spüren gewesen war. Wenn María aber nicht vor lauter Reichtum die Angewohnheit angenommen hatte, mit frischen Handtüchern herumzuwerfen, sondern wenn diese Handtücher nur vortäuschen sollten, daß sie das Appartement schon länger bewohnte, und wenn Marías Angst damit zu tun hatte, daß sie gezwungen worden war (aus welchen Gründen auch immer), Bella in die Bucht zu locken – dann heißt das, Bella Block, daß sie deinen Brief nicht bei Señor Pineda abgegeben hat. Es kann sogar heißen, daß sie mit den beiden schießwütigen Kerlen unter einer Decke steckt. Und alles zusammengenommen ließe sich dann am besten mit einem alten Adenauerwort beschreiben: Die Lage war noch nie so ernst.

Dann fiel ihr ein, daß es besser gewesen wäre, sie hätte den Brief an Kranz adressiert. Sie verwarf den Gedanken aber sofort wieder. Wenn María ihn nicht Pineda gegeben hatte, hätte sie ihn auch Kranz nicht gegeben.

Bella verbrachte eine kleine Weile damit, darüber nachzudenken, warum sie sich in der ganzen Angelegenheit so unglaublich dumm verhalten hatte, kam aber zu keinem Schluß.

Es wurde Zeit zu überlegen, was sie tun wollte. Sie hatte Durst, fühlte sich aber ausgeruht und frisch. Unter ihr, in einer Öffnung der Felsen, lag die Bucht. Bella sah Lichter und an der Spitze der Hafenanlage deutlich das rote Feuer eines Leuchtturms. Sie schätzte den Weg nach unten auf etwa eine Stunde. Zurück zur Bar würde sie etwa vier bis fünf Stunden brauchen. Sie entschloß sich, die Richtung zur Bucht einzuschlagen, in einer Höhle oberhalb der Bucht zu übernachten und am Morgen hinunterzugehen. Sie würde um etwas zu trinken bitten und darum, mit dem Motorboot mitgenommen zu werden. Am Tage waren die einheimischen Arbeiter dort. Man würde es nicht wagen, sie offen anzugreifen. Sie war unbewaffnet und hatte nichts zu verbergen. Mochten die Bewohner der Bucht ihretwegen Rauschgift nehmen, Körner fressen oder Voodoozauber aufführen. Ihr war das egal. Und sollte María doch noch irgendwo auftauchen – Bella erhob sich, ohne den Gedanken zu Ende zu denken. Es gehörte zu ihren wertvolleren Charaktereigenschaften, daß sie es ablehnte, sich etwas vorzumachen. María würde nicht wieder auftauchen.

Der Abstieg zur Höhle über dem Dorf war nicht ohne Reiz: Mondlicht, Grillengezirpe, das lauter werdende Quaken der Frösche; manchmal verschwand der Mond für einen kleinen Augenblick hinter einer Wolke, dann hingen die Sterne so tief über den Bergen, daß Bella meinte, sie mit den Händen greifen zu können. Wenn der zunehmende Durst nicht gewesen wäre und ein gewisses Gefühl der Unsicherheit in bezug auf das, was sie erwartete, hätte sie sich sehr wohl gefühlt.

Eine dreiviertel Stunde später hatte sie die Höhle erreicht und stellte fest, daß sie hinter einem Felsvorsprung lag, der die Sicht auf die Bucht und das Dorf versperrte.

Wenn ich schon die Nacht in den Bergen herumstreife wie ein einsamer Wolf, dann will ich wenigstens etwas sehen, dachte sie. Wenn allerdings die Bewohner der Bucht so viele Hunde haben wie die Einheimischen, dann muß ich mich vorsehen. In der Nacht entdeckt zu werden, kann unangenehm sein.

Vorsichtig einen Fuß vor den anderen setzend, stieg sie noch tiefer. Nach wenigen Minuten fand sie einen Weg. Im Mondlicht konnte sie sehen, daß er direkt auf den Dorfplatz führte. Dort unten in der Bucht war es längst nicht so ruhig, wie es von oben ausgesehen hatte. Aber noch bevor sie die Vorgänge auf dem Platz genauer beobachten konnte, wurde ihre Aufmerksamkeit von Motorengeräusch in Anspruch genommen. Deutlich waren zwei Schiffe zu erkennen, Motorboote, die mit großer Geschwindigkeit in den Hafen einfuhren. Gleichzeitig liefen Männer an die Mole. Bella setzte sich an den Wegrand und beobachtete, was sich dort unten abspielte.

Die Boote machten an der Mole fest, und die Männer luden Kisten aus. Sie brachten die Kisten nicht an Land, sondern setzten sie in kleine Ruderboote und verteilten sie auf einige Segelboote, die schon vorher in der Bucht gelegen hatten. Auf den Segelbooten waren Männer und Frauen damit beschäftigt, die Segel klar zu machen. Die Kisten wurden unter Deck gebracht. Dann verließen die Segler einer nach dem anderen die Bucht. Der Wind war nur schwach, und es dauerte eine Weile, bis sie das offene Meer erreicht hatten. Sie setzten keine

Lichter, waren aber im Mondlicht noch längere Zeit als schwarze Dreiecke auf der glitzernden Wasserfläche zu erkennen. Die ganze Aktion von der Ankunft der Motorboote im Hafen bis zum Auslaufen der Segler hatte kaum länger als eine Stunde gedauert.

Kein Wunder, daß sie nicht so gern Besuch haben, dachte Bella. Die schmuggeln bestimmt kein Milchpulver.

Sie sah die Männer, die die Kisten verladen hatten, von der Mole zurück zum Dorfplatz gehen. Das Feuer des Leuchtturms war erloschen. Wenn die Männer miteinander gesprochen hätten, hätte sie sie verstehen müssen. Aber da unten fiel kein Wort. Kurz bevor die drei den Platz in der Mitte der Häuser erreichten, wurde die Tür eines größeren Gebäudes, das fast wie eine Kirche aussah, geöffnet. Bella hielt unwillkürlich den Atem an. Aus der Tür kamen nacheinander vier Frauen. Die Frauen waren nackt. Von ihrem Platz aus konnte Bella sehen, daß sie unterschiedlich alt waren, zwischen vierzehn und vierzig, dachte sie automatisch und starrte auf das Bild, das sich ihr bot. Die Frauen waren in eine Art Zwinger gegangen. Ohne daß irgend jemand ihnen etwas gesagt hatte, fingen sie an, darin herumzulaufen. Es waren ein paar Geräte da, Kletterbäume und Schaukeln, ähnlich wie auf einem Kinderspielplatz, und die Frauen turnten daran herum. Sie sprachen nicht miteinander. Bella hatte den Eindruck, als wetteiferten sie darum, wer am höchsten schaukeln, wer am schnellsten klettern und wer am weitesten springen konnte. Inzwischen waren die drei Männer herangekommen. Sie setzten sich auf eine Bank vor dem Käfig, zündeten sich Zigaretten an und begannen, den Frauen Befehle zuzurufen. Sie nannten aber keine Namen, sondern riefen: He, du mit dem dicken Arsch, oder, du da, Alte, oder, Spitztitt. Sie gaben Anweisungen, wie sich die Frauen zu bewegen hatten, und kommentierten deren Ausführung.

Nebenbei unterhielten sie sich.

Ich hab nie Lust auf Alte, sagte einer zum Beispiel, aber wenn sie heute den Arsch über den Barren kriegt, will ich sie mir nochmal vornehmen.

Dann beeil dich aber, sagte der, der neben ihm saß. Es heißt doch, er will sie verschrotten. Wird ja auch Zeit. Ekelhaft, wie sie da hängt.

Ich glaub, ich nehm sie doch nicht. Wenn man ordentlich gearbeitet hat, hat man was Besseres verdient.

Er stand auf, winkte die Jüngste an das Gitter und befühlte ihre Brüste.

Mensch, beeil dich, riefen die hinter ihm. Gleich ist Schluß der Vorstellung.

Auch die anderen standen auf und gingen zum Gitter. Alle drei betatschten das Mädchen, die anderen Frauen turnten weiter, als ginge es um ihr Leben. Ihr heftiger Atem war deutlich zu hören.

Ich nehm sie doch, sagte der, der zuerst an

das Gitter gegangen war. Soll sie's nochmal gut haben, bevor sie verschwindet.

Alle lachten.

Komm rüber, Alte, rief er. Die Frau rutschte vom Barren und kam blöde grinsend angelaufen. Sie zwängte ihre großen Brüste durch das Gitter.

Bella hielt ihre Fäuste vor den Mund und biß in die Knöchel, um nicht zu schreien. Es ist nicht wahr, was ich sehe, dachte sie. Ich schließe die Augen, und der Spuk ist vorüber. Ich muß nur einen Augenblick warten. Es war die Sonne, ich habe die Sonne nicht vertragen.

Aber sie konnte nicht gleichzeitig die Fäuste vor den Mund halten und die Ohren verschließen. Und sie wußte, daß sie den Anblick der Frauen, die ihre Brüste durch das Gitter schoben und ihre bettelnden Gesichter, ihre um Liebe bettelnden Gesichter, den Männern entgegenhielten, nicht vergessen würde. Panik ergriff sie. Sie zwang sich, ruhig zu bleiben. Vorsichtig stand sie auf und ging den Weg zurück, den sie gekommen war. Die Höhle, sie brauchte sich nur in der Höhle zu verkriechen, und der Spuk würde verschwinden, so, als gäbe es irgendeine Höhle auf der Welt, in der die Erniedrigung keinen Platz hätte.

Irgendwann schlief sie ein. Als sie erwachte, war der Mond verschwunden. Die Frösche waren ruhig. Die Grillen hatten aufgehört zu zirpen. Das Licht vor dem Eingang der Höhle hatte sich verändert. Müde und sehr durstig kroch sie an den Eingang. Die Sonne ging auf. Sie war noch nicht zu sehen, aber einzelne Wolkenfetzen am Himmel hatten sich rosa gefärbt. Alle möglichen Lieder fielen ihr ein. Jeden Morgen geht die Sooonne auf – but that lucky old sun has nothing to do than roll around heaven all day – liebe, liebe Sonne, in den Wäldern wundersamer Runde, Laterne, Laterne, Sonne, Mond und Sterne, und die hohe heilige Schöpferstunde, you are my sunshine, jeden Morgen nimmt siehi ihiren Lauf ...

Sie würde nicht in die Bucht gehen. Ruhig blieb sie am Eingang der Höhle sitzen und betrachtete ihre Hände. An der linken sah sie die Spuren ihrer Zähne, einen gestrichelten Halbkreis oberhalb und unterhalb des Zeigefingerknöchels. Ihre Lippen waren geschwollen, und die Zunge klebte am Gaumen. Sie sah zurück in die Höhle. Nirgends war etwas Trinkbares zu entdecken. Dann erinnerte sie sich, vor dem Eingang der Höhle einen Kakteenstrauch gesehen zu haben. Vorsichtig sah sie hinaus. Der Strauch war nur wenige Meter entfernt. Auf dem Bauch, um in Deckung zu bleiben, kroch sie den Weg entlang. Sie erreichte die gelbroten Früchte nur, wenn sie aufstand. Mit bloßen Händen griff sie in den Strauch, nahm zwei Kakteenfrüchte und rutschte so schnell sie konnte auf dem Weg zurück in die Höhle. Ihre Hände waren voller Stacheln, als sie die Schalen der Früchte entfernt hatte. Gierig aß sie das rosarote, saftige Fleisch, den Mund voller Kerne. Die Stacheln waren unangenehm. Fast unsichtbar, aber schmerzhaft saßen sie in der Haut. Als sie sich mit dem Handrücken über den Mund wischte, spürte sie die Stacheln auch im Gesicht. Vor Wut hätte sie am liebsten geheult. Sie begann, die Stacheln an den Händen so gut es ging zu entfernen, und hütete sich, noch einmal ihr Gesicht zu berühren. Es wurde Zeit, daß sie verschwand. Je früher sie aufbrach, desto weniger würde sie unterwegs von der Sonne belästigt werden. Sie berührte ihren brennenden Nacken, verteilte dabei ein paar von den ekelhaften Stacheln darauf – was im Nacken du kannst tragen, mußt' nicht an den Händen haben, dachte sie in einem kläglichen Versuch, sich über sich selbst lustig zu machen – und warf einen wütenden Blick auf ihre Turnschuhe und die schmutzigen Überreste der von Willy gebügelten Hose.

Wenn ich hier jemals heil wegkomme, dachte sie, geh ich vier Wochen auf eine Schönheitsfarm. Und wenn ich das überstehe – aber sie kam nicht mehr dazu, darüber nachzudenken, was sie dann tun würde. Sie rutschte so schnell sie konnte rückwärts in die äußerste Ecke der Höhle und preßte sich an die Wand.

Vielleicht hätten die Kerle sie übersehen. Aber sie hatten einen Hund dabei. Einen richtigen schönen, scharfen, deutschen Schäferhund. Sie hörte ihn anschlagen. Er stand vor ihr und fletschte die Zähne, noch bevor die Stiefel am Eingang der Höhle zu sehen waren. Der Hund schnappte nach ihr. Die Kerle ließen ihn eine Weile vor ihrem Gesicht geifern. Dann zogen sie ihn zurück.

Kannst rauskommen, Süße, wenn du nicht wegläufst, tut er dir nichts.

Bella blieb nichts anderes übrig, als die Höhle zu verlassen. Die Männer waren ein paar Schritte zurückgetreten. Den tobenden Hund hielten sie zwischen sich fest. Das ist sie, sagte einer, ein junger Bursche mit kurzgeschorenen blonden Haaren. Er trug hellbraune Khakihosen, die er in die Stiefel gesteckt hatte, und ein weißes Hemd. Sein Gesicht war braungebrannt. Er sah fröhlich und gesund aus. Bella musterte den anderen.

Zwei Würstchen, dachte sie. Zwei Würstchen und ein Hund. Zwei blonde, deutsche Würstchen. Für die beiden allein würde mir etwas einfallen. Aber den Hund schaffe ich nicht.

Ich hab mich verlaufen, sagte sie möglichst fröhlich.

Na klar doch, Süße, du hast dich verlaufen. Soll's ja geben. Manche Bullen kriegen eben einfach den Auftrag, sich zu verlaufen. Und dann verlaufen sie sich. Sieh nach, ob sie eine Kanone hat.

Der zweite, der bisher die Klappe gehalten hatte, trat ein paar Schritte vor. Der Hund bellte wie rasend.

Faß mich nicht an, sagte Bella leise und scharf.

Er streckte die Hände nach ihr aus. Sie schlug ihm unvermittelt mit dem Handrücken in seine dämliche, braungebrannte Visage. Er blieb stehen.

Sie will nicht, sagte er verdutzt und faßte mit den Fingern nach der Stelle, wo Bella ihn getroffen hatte.

Der andere fing an zu lachen.

Dann laß sie, sagte er, soll sie vor uns her gehen. Hauptsache, wir haben sie im Blick. Los, gehen wir.

Die Aufforderung war unmißverständlich. Bella versuchte, an dem tobenden Hund vorbeizukommen. Der Weg war zu schmal. Also ging sie direkt auf ihn zu. Der Köter riß ein Stück Stoff aus ihrer Hose, bevor die Kerle ihn zurückhalten konnten. Sie lachten. Bella hätte sie am liebsten erwürgt. Sie ging vor ihnen her, den Weg hinunter, in das Dorf in der Bucht.

Wenn ich schon hier bin, dachte sie, dann soll mir wenigstens nichts entgehen. Aufmerksam sah sie sich um.

Sie bekam den günstigsten Beobachtungsplatz, den das Dorf bot. Die Männer schoben sie in den Käfig, in dem sich am Abend vorher die Frauen betätigt hatten. Da war der Käfig allerdings offen gewesen. Jetzt wurde hinter Bella ein Tor zugeschoben und mit Stahlkette und Vorhängeschloß gesichert. Der Käfig stand mitten auf dem Dorfplatz. Eine mittelalterliche Pranger-Situation, dachte Bella. Mit dem einzigen Unterschied, daß sich niemand für sie interessierte. Sie sah sich um. Der Käfig bot keinen Schutz. Es war völlig gleich, wohin sie sich setzte. Rechts und links von ihr wurde der Dorfplatz durch eine Reihe niedriger weißer Häuser begrenzt. Im Rücken hatte sie das Gebäude, das sie am Abend vorher für eine Kirche gehalten hatte. Bei Licht betrachtet schien es eine Kombination aus Lagerhalle und Versammlungsraum zu sein. Nach vorn öffnete sich die Häuserfront und ließ den Blick auf den Hafen frei Da es nirgends einen Schutz vor neugierigen Blicken gab, setzte Bella sich in die Mitte des Käfigs, lehnte den Rücken an einen Barren und begann, ihre Umgebung gründlicher zu betrachten.

Auf dem Dorfplatz zeigte sich niemand. Kurz nachdem die Männer sie in den Käfig gesperrt hatten, war von der anderen Seite der Berge eine zweite Hunde-Patrouille herabgestiegen. Auch diese Männer waren, nachdem sie einen kurzen, gleichgültigen Blick in den Käfig geworfen hatten und ihr Hund Gelegenheit bekommen hatte, ihr sein Gebiß zu zeigen, in einem Haus in der Nähe des Hafens verschwunden. Aus den geöffneten Fenstern der Häuser zu ihrer Linken drang hin und wieder das Greinen eines Kindes. Sonst blieb es still. Bella betrachtete ihre zerrissene Hose, fühlte sich müde und schmutzig und überlegte, daß es das Beste sei, sie würde ein wenig schlafen. Eigentlich hielt sie überhaupt nichts davon, sich unangenehmen Situationen durch Schlaf zu entziehen. Aber in diesem besonderen Fall schien ihr eine Ausnahme angebracht. Während sie vergeblich nach einer Mulde oder wenigstens einem Stein, der als Kopfkissen geeignet gewesen wäre, Ausschau hielt, wurde es vorn am Hafen lebendig. Ein Mann und eine Frau verließen ein Haus, das, nach den auf dem Dach installierten Gerätschaften zu urteilen, eine Radiostation war. Der Mann trug die gleiche Uniform wie die Männer der Patrouille. Die Frau trug ein wallendes Gewand, das unter der Brust zusammengefaßt war und die Brüste frei ließ.

Öko-Empire, dachte Bella und wunderte sich, woher sie den Humor nahm. Die beiden eilten über den Dorfplatz, ohne einen Blick auf den Käfig zu werfen, und machten vor einem Haus auf der rechten Seite halt. Über der Tür war eine Art Wappen angebracht, sonst unterschied es sich in nichts von den anderen. Der Mann blieb stehen, die Frau öffnete leise die Tür und trat ein. Dann rief eine Männerstimme aus dem Innern des Hauses, und auch der Mann verschwand hinter der Tür.

Später erschien in der Hafeneinfahrt ein Motorboot. Bella sah einen der Patrouillen-Männer zur Mole laufen. Er blieb am Kai stehen, wartete aber nicht, bis das Boot angelegt hatte, sondern sprang vorher an Deck und verschwand in der Kajüte. Nach kurzer Zeit tauchte er wieder auf und verließ das Schiff, das wendete und sich aus dem Hafen entfernte, ohne daß jemand ausgestiegen wäre. Als das Boot um die Mole bog, meinte Bella, zwei Frauen neben der Kajüte sitzen zu sehen. Das Boot war zu schnell, um Einzelheiten erkennen zu können. In der Tür des Hauses mit dem Wappen erschien der Mann wieder, der erst vor der Tür stehengeblieben und dann hereingerufen worden war. Plötzlich waren mehrere Männer auf dem Dorfplatz, die alle aus den Häusern auf der rechten Seite gekommen waren. Die Türen der gegenüberliegenden Häuser wurden abgeschlossen. Offenbar war das bevorstehende Ereignis so wichtig, daß Frauen und Kinder davon ferngehalten werden mußten. Bella sah die Frauen nach und nach an den Fenstern der Häuser auftauchen. Manche hielten Säuglinge oder Kleinkinder auf den Armen. Die Kinder hatten Gesicher wie Greise, und die dazugehörigen Frauen trugen jenen stumpfsinnigen, mütterlichen Ausdruck im Gesicht, der entsteht, wenn Frauen heimlich ihr eigenes Kind für das Wichtigste halten und öffentlich versichern, nur die Gemeinschaft der Mütter könne die Welt retten. Es ist die Lüge, die ihre Gesichter verunstaltet, dachte Bella und sah zu, wie die lieben Kleinen nach den nackten Brüsten der Mütter grapschten.

Es gab auch Frauen ohne Kinder. Sie waren sogar in der Überzahl. Sie waren jung, nicht älter als zwanzig, schätzte Bella, und ihren Gesichtsausdruck hätte sie gern als dämlich bezeichnet, wenn das nicht zu einfach gewesen wäre. In Wirklichkeit sahen sie nicht dämlich aus, sondern freundlich. Sie hatten diesen gewissen grundsätzlich freundlichen Gesichtsausdruck, der entsteht, wenn Menschen, durch welche Methoden und zu welchem Zweck auch immer, davon überzeugt worden sind, daß Trauer ein überflüssiges Gefühl ist, daß Wut und Angst häßliche menschliche Regungen sind, die abgschafft werden müssen, damit die Menschen immer und überall und bis an das Ende ihrer Tage, das in Wirklichkeit natürlich kein Ende ist, sondern ein Anfang, glücklich sein können. Sie hatten genau den Gesichtsausdruck und die Körperhaltung von Menschen, die ihren Verstand einer Sekte zur Verwaltung übergeben haben.

Bella sah drei von den Frauen, die sich am Abend zuvor im Käfig angeboten hatten. Die vierte, die ältere, sah sie nicht. Sie versuchte, den Frauen in den Fenstern zu verstehen zu geben, daß sie Durst und Hunger hatte, aber niemand beachtete sie. Nach und nach verschwanden die Frauen im Innern der Häuser, manchmal sah eine flüchtig auf die draußen herumlaufenden Männer. Nie wurde ein Wort zwischen drinnen und draußen gewechselt. Immer blieb die Welt der Männer von der der Frauen getrennt. Es gibt nur eins, was sie zusammenführt, dachte Bella, den Käfig.

Die Sonne und der Durst versetzten sie allmählich in einen Zustand, in dem sie das, was in der Bucht vor sich ging, wie in einem Film wahrnahm. Nichts war mehr wirklich. Um sie herum schleppten Stiefel tragende Männer Kartons und Kisten in die Boote. Sie arbeiteten schnell, aber es schien ihr, als seien sie nicht unruhig, sondern handelten nach einem präzise vorbereiteten Plan. Niemand gab ihnen Anweisungen, und die Tür des Hauses mit dem Wappen blieb geschlossen. Sie öffnete sich nur einmal. Kurz bevor Bella das Gefühl hatte, sie würde ohnmächtig werden vor Durst, erschien eine Frau mit einem Krug Wasser, stellte ihn durch das Gitter und verschwand in einem der Frauenhäuser. Bella war nicht mehr fähig, die Frau wirklich wahrzunehmen. Sie kroch auf den Krug zu und trank vorsichtig und in kleinen Schlucken. Das Wasser war kühl. Fast hätte sie ein Gefühl der Dankbarkeit empfunden.

Die Boote verließen nacheinander den Hafen. Sie zeichneten eine schmale Spur auf dem Wasser, die schnell verschwand. Noch lange hätte man die Boote als winzige weiße Punkte auf der großen, blauen Wasserfläche sehen können. Vor Bellas Augen aber verbanden sich die blauen Flächen von Wasser und Himmel zu einem einzigen, unendlichen, sinnlosen, ununterbrochenen Blau.

Irgendwann kamen Männer mit Hunden und holten sie aus dem Käfig. Sie stolperte vor ihnen her. Es war ihr gleichgültig geworden, daß die Hunde wie rasend kläfften und daß die Männer sie »Bulle« nannten und über ihren torkelnden Gang lachten. Sie führten sie vom

Dorfplatz weg, zwischen der Lagerhalle und den Frauenhäusern hindurch in eine Art Stall, der oberhalb der Häuser in den Berg gebaut worden war. Hinter ihr schlossen sie die vergitterte Tür. Später kam noch einmal die Frau und brachte Wasser und eine Schüssel mit Brot und Bananen. Bella war nicht fähig zu essen. Sie trank etwas Wasser, legte sich an die Rückwand des Stalles, so weit wie möglich von der Sonne entfernt, und schlief wie betäubt ein.

Sie erwachte vom lauten Schnarren einer Grille dicht neben ihrem Kopf. Daran, daß es draußen noch immer hell war, merkte sie, daß sie nicht lange geschlafen haben konnte. Sie bewegte langsam ihren Kopf. Die Grille war grau. Ihre Hinterbeine und Fühler leuchteten orangerot. Wenn sie vorwärts kroch, bewegten sich die Beine am Hinterkörper wie einzelne Teile eines Hampelmanns. Bella fiel ein, daß es knakken müßte, wenn man geröstete Grillen aß, und merkte daran, daß sie Hunger hatte. Der Korb mit dem Brot und den Bananen stand noch immer neben der Stalltür. Sie setzte sich auf, aß etwas Brot und versuchte zu erkennen, was im Dorf vor sich ging. Das Hin und Herr hatte aufgehört. Frauen und Kinder waren aus den Häusern gekommen. Sie hatten Matratzen in den Käfig geschleppt, auf denen die Kinder herumhopsten. Die Mütter saßen auf dem Boden um den Käfig herum und beobachteten die Kleinen. Bella war der Anblick so zuwider, daß sie sich abwandte und begann, den Stall zu untersuchen. Er war mit der Rückwand an den Fels gebaut worden. Die Seitenwände und das Dach waren stabil, die Gittertür fest verschlossen. Es gab keine Möglichkeit zu entkommen. Da sie keine Vorstellung davon hatte, was mit ihr geschehen würde, zwang sie sich, ihre Blikke wieder nach draußen zu wenden, um nicht unvorbereitet irgendwelchen Attacken ausgesetzt zu sein.

Die Schiffe im Hafen waren verschwunden bis auf einen großen Segler und ein Transportboot, dasselbe, das sie in den vergangenen Wochen mehrfach im Hafen der Stadt hatte liegen sehen. Es mußte gekommen sein, während sie schlief. Auch die Frauen waren verschwunden, auf den Matratzen vergnügten sich noch immer ein paar Kinder. Bella beobachtete die spielenden Kinder, bis sie von ihren Müttern eingesammelt wurden. Die hatten inzwischen ihre wallenden Gewänder abgelegt. Sie trugen Jeans oder Röcke und schleppten Reisetaschen und Rucksäcke an Bord des Transportschiffes. Sie nahmen auch die Kinder mit an Bord. Da unten wurde abgereist. Bella rechnete sich aus, daß das Transportboot die letzte Fähre zum Festland erreichen könnte, wenn es bald abfuhr. Es fuhr ab. Unten wurde es ruhig. An den rosa Wolkenfetzen über der Bucht erkannte Bella, daß die Sonne unterging. Sie starrte auf den leeren Käfig, in dem die Matratzen liegengeblieben waren. Die Türen der Häuser standen offen. Ein paar Hunde, nicht die Schäferhunde der Patrouille, sondern struppige Inselköter liefen suchend hin und her. Und dann hörte sie das Schreien.

Niemals, dachte sie, niemals werde ich diese Schreie vergessen.

Sie sah, daß die Tür des Hauses mit dem Wappen aufgerissen wurde und eine Frau auf den Platz rannte. Die Frau war nackt. Sie lief und schrie, während ein paar Hunde fröhlich um sie herumhopsten und kläfften. Die Frau hatte kein Ziel. Sie lief schreiend in eines der offenen Häuser, kam schreiend daraus hervor, rannte in den Käfig, stolperte über Matratzen, fiel hin, schrie und versuchte, wieder hochzukommen, immer noch umtobt von den kläffenden Hunden, die das Ganze für einen großen Spaß hielten. Sie kroch an den Rand des Käfigs und zog sich am Gitter hoch. Bella sah zwischen den Gitterstäben das Gesicht Marías. Sie hatte sich festgeklammert und starrte mit entsetzt aufgerissenem Mund auf das Haus, aus dem sie gekommen war. In der Tür standen zwei Männer mit Gewehren. Sie lachten, während sie zielten. María begann aufs neue zu schreien. Sie winselte und brüllte zugleich. Dann wurde sie still. In die Stille hinein rief eine Stimme aus dem Innern des Hauses: Jetzt macht endlich Schluß mit dem Theater. Die Männer hoben ihre Gewehre und zielten sorgfältig, bevor sie abdrückten. Marías Körper rutschte langsam am Gitter herab und auf den Boden. Einer der Männer ging hinüber und stieß mit dem Gewehrkolben durch das Gitter, um festzustellen, ob sie tot war. Er warf das Gewehr in den Käfig. Der andere stellte sein Gewehr an die Hauswand. Sie traten in das Haus, kamen nach wenigen Minuten wieder hervor und gingen gemeinsam zum Hafen hinunter. Sie machten eines der beiden Beiboote los, die an der Kaimauer lagen, ruderten zu dem Segler hinüber, stiegen um und verschwanden unter Deck. Die Hunde kamen zurück und beschnüffelten den leblosen Körper im Käfig und die dunkle Lache, die sich auf der Matratze ausgebreitet hatte. Bella spürte, wie sich ihr Magen verkrampfte. Die Oberfläche ihrer Haut wurde heiß, und ihre Hände begannen zu schwitzen. Sie übergab sich und blieb eine Weile in einer Ecke des Stalles liegen. Später begann sie zu frieren.

Draußen war es fast dunkel geworden. An Bord des Seglers wurde gearbeitet. Ein Scheinwerfer erhellte das Deck. Licht kam auch aus dem Haus mit dem Wappen. Licht und Musik. Marías Körper war in der Dunkelheit nicht mehr zu erkennen. Bella versuchte vorsichtig, sich einzureden, sie habe geträumt. Es war so friedlich und still im Dorf. Sie hatte geträumt; sie würde aufwachen, und alles wäre vergessen. Aber der Gestank des Erbrochenen und Marías Schreie in ihrem Kopf waren Wirklichkeit.

Die Tür des Hauses mit dem Wappen wurde geöffnet. Bella hatte vor sich hin gestarrt. Als die Musik lauter wurde, hob sie den Kopf. In der Türöffnung war die Silhouette eines Mannes zu erkennen. Der Mann trat in das Innere des Hauses. Gleich darauf wurde die Musik leiser. Er erschien wieder in der Türöffnung und reckte die Arme wie jemand, der einen anstrengenden Tag am Schreibtisch verbracht hat. Dann steckte er die Hände in die Hosentaschen. Es sah aus, als suche er dort nach einem Schlüssel. Dann kam er.

Wir haben Sie nicht vergessen, sagte er freundlich, während er das Schloß öffnete und die Kette achtlos auf den Boden fallen ließ. Wenn Sie mir bitte folgen wollen. Ich darf doch vorangehen?

Im Dunkeln konnte Bella sein Gesicht nicht erkennen. Er war schlank, groß und machte einen sportlich-trainierten Eindruck. Er schien älter zu sein. Er sprach ausgesucht höflich, und Bella hatte nicht einmal den Eindruck, daß er sich über sie lustig machte. Eitel, dachte sie, es ist einer von der eitlen Sorte.

Sie erreichten das Haus. Während sie an der Leiche im Käfig vorbeigegangen waren, hatte er ein paarmal in die Hände geklatscht, um die Hunde zu verscheuchen.

Widerlich, sagte er. Sie war alt und dumm. Aber das hat sie nun doch nicht verdient.

Der Mann ließ Bella zuerst über die Schwelle gehen. Er schloß hinter sich die Tür.

Das Haus bestand aus einem einzigen niedrigen Raum, weiß gekalkt und ohne eingezogene Decke. Die Holzkonstruktion des Daches, braun gebeizt und sanft poliert, lag frei. Die einzige halboffene Tür führte in einen Nebenraum, der ein Bad zu sein schien. Hinter einem gemauerten, weiß gekalkten Tresen war eine Art Küche angedeutet. Die Einrichtung des Raumes bestand aus zwei mit schwarzem Leder bezogenen Metallgestellen, Sesseln, die ausschließlich in Zeitschriften des gehobenen Ambiente abgebildet worden wären, hätte der Hersteller sie überhaupt in Serie produzieren lassen, einem Videorecorder und einem Haufen Videokassetten, die sorgfältig daneben auf dem Fußboden aufgestapelt worden waren.

Bitte, sagte er, nehmen Sie doch Platz.

Bella setzte sich in einen der Sessel. Sie dachte daran, daß die Hunde zurückkommen würden, und ihr wurde übel. Sie zwang sich, die Hunde zu vergessen. Der Mann hatte sich neben der Eingangstür an die Wand gelehnt. Er stand da, etwa zehn Jahre jünger als sie, elegant gekleidet, die Hände in den Hosentaschen, und lächelte zu ihr herüber.

Ich kenne ihn, dachte Bella.

So geht das immer, sagte er freundlich. Es war ja auch wirklich wahr, obwohl ich es manchmal selbst nicht mehr glauben kann. Fällt's Ihnen ein? Nicht? Nun, im Laufe unserer kleinen Unterredung werden Sie darauf kommen, wer ich bin. Ich bin ganz sicher. Und nun lassen Sie mich Ihnen eine Erklärung für all das hier geben, er machte eine Handbewegung, die nicht nur den Raum, sondern auch das Dorf meinte, und natürlich für die Unannehmlichkeiten, die wir Ihnen bereitet haben.

Er ist so eitel, dachte Bella, daß er überhaupt nicht will, daß ich rede. Er will nur sich selbst hören.

Darüber war sie froh, denn das einzige, was sie hätte sagen können, weil es das einzige war, was sie im Augenblick interessierte, war die Frage: Wie komme ich am schnellsten hier weg? Und der Mann schien nicht die geeignete Adresse für diese Frage zu sein.

Vielleicht ist das alles ein bißchen kompliziert für Sie. Ich will auch nicht leugnen, daß Sie einen anstrengenderen Tag hatten als ich. Ich gehe also systematisch vor.

Gleich, dachte Bella bei seinem letzten Satz, gleich fällt mir ein, wer er ist, ich bin ganz dicht dran.

Zuerst zu Ihnen: Ich muß zugeben, daß uns in Ihrem Fall ein Fehler unterlaufen ist; der einzige zwar, aber wenn ich Ihre Strapazen bedenke – er maß ihre derangierte äußerliche Erscheinung mit einem angeekelten Blick, der nicht zu seiner höflich-freundlichen Sprechweise paßte –, ist er sicher schwerwiegend. Ich kann Sie nur in aller Form um Entschuldigung bitten.

Er machte eine kleine Pause. Vielleicht in der Erwartung, daß Bella ihm antworten würde.

Uns war ein Spitzel aus Deutschland, genauer gesagt, aus Hamburg, angekündigt worden. Und die Jungens drüben haben Sie am Anfang dafür gehalten. Sie müssen zugeben, nicht ganz ohne Ihre Schuld. Ihr Verhalten war merkwürdig von dem Augenblick an, als Sie ohne Licht auf Consuelos Veranda zu sitzen verlangten. Natürlich hätte man sich nicht auf Sie allein konzentrieren dürfen. Was Sie allerdings herausgefordert haben. Sie haben zu oft nach der Bucht gefragt. Dagegen war es richtig von Consuelo, Sie in ihr Haus einzuladen. Nirgends sonst hätten wir Sie besser kontrollieren können. Und wissen Sie, was uns darauf gebracht hat, nach einer anderen Person zu suchen? Sie selbst und die Aufzeichnungen, die Sie bei sich hatten. Freundlicherweise haben Sie uns Ihre Tasche an der Bar hinterlassen. Die Aufzeichnungen waren, wie soll ich sagen, einfach zu direkt. Ja, ich glaube, das ist das richtige Wort. Natürlich auch völlig unprofessionell, aber das war es eigentlich weniger, was mich auf die Idee gebracht hat, Sie wären nicht das Vorauskommando. Was denken Sie, welch dummes Zeug wir manchmal aus den Amtsstuben der Polizei zu sehen bekommen? Aber so etwas zum Beispiel, er griff in die Tasche seines Jacketts und zog eine Fotokopie daraus hervor, das ist wirklich glänzend und konnte einfach aus keinem Polizistengehirn gekommen sein: »Es gibt kein Ober- oder Untergrundkapital. Es gibt nur ein Kapital, das sich bei seiner Vermehrung unterschiedlicher Methoden bedient.« Herrlich, wie?

Bella kannte den Text nicht, er mußte in dem Teil von Willys Aufzeichnungen stehen, den sie noch nicht gelesen hatte. Sie schwieg.

Wie ärgerlich für Sie, daß wir Sie verwechselt haben. Aber wir mußten doch annehmen, daß Sie vorausgeschickt wurden, nicht wahr? Inzwischen wissen wir natürlich, daß nicht Sie der Spitzel sind, sondern einer Ihrer ehemaligen Kollegen, der gleich nach Ihnen ankam.

Kranz, dachte Bella und fühlte, wie die Oberfläche ihrer Haut heiß wurde vor Wut. Deshalb ist er hier. Sie haben ihr Räuber- und Gendarmspiel ausgedehnt. Und ich bin nichtsahnend in ihre Unterhaltungsshow geraten.

Ihre Wut war so groß, daß sie einen Wiederbelebungseffekt hatte. Unwillkürlich änderte sie ihre zusammengesunkene Haltung.

Und deshalb mußten Sie diese Spielzeugganoven auf mich ansetzen, um mich umlegen zu lassen?

Verehrteste, zu diesem Zeitpunkt wußten wir doch noch nicht, daß Sie harmlos waren. Wir brauchten einfach etwas Zeit für den Umzug und hatten uns ausgerechnet, daß wir sie gewinnen, wenn wir den Spitzel ausschalten. Es war einfach Pech, daß es nicht geklappt hat. Aber auch damit mußten wir rechnen. Und deshalb trat María auf den Plan.

Gleich, dachte Bella, gleich weiß ich, wer er ist.

Und nun, wo Sie einmal hier sind ... Er machte eine Pause. Aber es dauert ja nicht mehr lange. Sie haben die ganze Sache bald hinter sich. Es wird Ihnen nicht entgangen sein, daß wir dabei sind, die Insel zu verlassen. Sowie wir hier fertig sind, schicke ich Ihnen jemanden vorbei. Der macht es kurz und schmerzlos. Sind Sie vorher an Geschlechtsverkehr interessiert? Als Bella nicht antwortete, sprach er weiter.

Und damit wären wir beim nächsten Punkt: María.

Bellas Wut hatte nicht nur ihren Körper belebt, sondern auch ihren Verstand wieder in Bewegung gesetzt. Es interessierte sie nicht, was der Kerl da erzählte. Oder doch nur soweit, wie sie sein Verhalten oder seine Absichten nutzen konnte, um zu entkommen. Sie glaubte nicht, daß die Schäferhunde noch in der Bucht waren. Und mit den anderen widerlichen Kötern würde sie fertig werden. Und der da? Abschätzend betrachtete sie den Mann, der ihr gegenüberstand.

María – sagte er sinnend. Er machte eine nachdenkliche Pause, bevor er weitersprach. Sie hat Ihnen eine nette, kleine Geschichte erzählt. Die Mütter auf der Plaza del Sol – wie rührend. Natürlich gibt es sie, aber María gehört nun wirklich nicht dazu. Sie stand sozusagen auf der anderen Seite. Besonders intelligent war es nicht, meine Liebe, darauf hereinzufallen. Oder gehören Sie etwa auch zu denen, die den Verstand verlieren, wenn das Volk auf die Straße geht?

Er hat etwas mit Politik zu tun, dachte Bella und wußte, daß sie ganz nah dran war.

María hat uns sehr geholfen. Nicht nur in Ihrem Fall. Sie waren nur ihr letzter Auftrag.

Er löste sich plötzlich von der Wand, trat an ein Fenster und sah hinaus in die Dunkelheit. Als er weitersprach, wandte er Bella den Rükken zu. Seine Stimme hatte alle Verbindlichkeit verloren.

Es ist nicht notwendig, sie zu bedauern. Sie hat ein interessantes Leben gehabt. Ich habe ihr mehr Luxus verschafft, als Sie und alle anderen Spießbürger sich vorstellen können. Sie hatte nur einen Fehler: Sie war zu alt geworden für mich. Eine junge Frau und ein neues Land – das sind die Dinge, die ich von Zeit zu Zeit brauche. Hätte ich sie hier zurücklassen sollen?

Er wandte sich um und sah Bella herausfordernd an.

Ich hoffe nicht, daß Sie darauf eine Antwort von mir erwarten, sagte Bella.

Werden Sie nicht langweilig, meine Liebe, sagte er, den verbindlichen Plauderton wieder aufnehmend. In Ihrem Alter sollte man als Frau entweder im Kloster verschwunden sein oder die Moral einer Puffmutter haben. Alles andere ist doch eine Zumutung für jeden Mann. Im übrigen: Wenn Sie das leichter sterben läßt, so seien Sie versichert, daß ich von Frauen im allgemeinen anderen Gebrauch mache als den, sie umzubringen. Man lebt nur einmal. Macht, junge Frauen, Luxushotels. Arbeit als profitable Spielerei – ja, sagte er, jetzt wissen Sie, wen Sie vor sich haben.

Ja, sie wußte es. Es mußte daran gelegen haben, daß das Wort »Arbeit« in seinem Mund einen besonderen Klang hatte. Sie hatte verschiedene Szenen im Kopf. Junge Leute, Männer und Frauen, die im Laufschritt mit Transparenten durch die Straßen zogen. Menschen in Auseinandersetzungen mit der Polizei, unter dem Strahl von Wasserwerfern; ein einsamer Mann hoch oben auf einem Brunnen, der auf einen überfüllten Platz hinuntersah, neben sich eine große, rote Fahne, und darauf wartete, daß die Menschen auf dem Platz ruhig würden, um seinen Worten zu lauschen; und die Worte ihrer Mutter neben sich, die darauf bestanden hatte, daß Bella sie begleitete.

Heute ist ein historischer Tag, hatte sie gesagt, da kommst du mit. Und sie war mitgegangen, weniger wegen des »historischen Tages« – die chilenischen Faschisten hatten die demokratische Regierung Allende gestürzt –, als um ihre Mutter zu schützen, von der sie annahm, daß die sich mit Schirm und Handtasche auf etwa ausgemachte Klassenfeinde stürzen und sie persönlich für den Tod Allendes verantwortlich machen könnte. Wie begeistert war die alte Frau gewesen, nachdem der Mann auf dem Brunnen gesprochen hatte.

Spätabends dann sein Interview im Fernsehen: Alexander Hausmann, einer der Führer der Deutschen Linken, erklärte der Nation die

Rolle der Nationalen Bourgeoise im Befreiungskampf der Völker. Spätabends zwar, und im Dritten Programm, denn im Ersten und zu guter Sendezeit war die Linke natürlich nicht zugelassen, aber immerhin.

Ja, jetzt wußte sie es, und sie spürte die gleiche Übelkeit wie vorher beim Anblick der Hunde an der Leiche Marías.

Hausmann hatte sich ihr gegenüber auf den zweiten Sessel gesetzt und betrachtete sie amüsiert. Er sah auf seine Armbanduhr.

Ich erklär's Ihnen, sagte er. Das hier, wieder machte er eine Handbewegung, die unbestimmt das Dorf und die Bucht umfaßte, ist nichts weiter als eine perfekte Tarnung für ein großes Rauschgifthandelsunternehmen: Madrid-Rom-Kolumbien-Florida-Aachen-Kanada-Marokko-Türkei- Holland, naja, international eben. Die Frauen, die Sie da draußen gesehen haben, sind in Wirklichkeit natürlich nicht wichtig. Ihre Funktion ist es, die einheimischen Arbeiter und unsere Computerfreaks bei Laune zu halten. Und das tun sie perfekt. Und sie tragen zur Tarnung unserer Geschäftszentrale bei.

Er lachte.

Die Weiber – mein Gott, man gründet eine Sekte, natürlich muß es sich um eine Sekte handeln, die das Bewußtsein erweitert, – und gibt ihnen, was sie vermissen: Familie, Sex, Kinder, soviel sie wollen. Sie glauben ja gar nicht, wie glücklich die sind, endlich wieder nach alten

Werten leben zu können. Die suchen doch nach dem Glück in der Familie. Wir können gar nicht so viele aufnehmen, wie nachfragen. Ein positives Ergebnis der Frauenbewegung, wenn Sie so wollen.

Bella sprang auf und schlug ihm in das lachende Gesicht. Noch im gleichen Augenblick tat es ihr leid, daß sie die Beherrschung verloren hatte. Es kam nicht darauf an, irgendwelchen moralischen Impulsen zu folgen, sondern die Arena lebend zu verlassen. Möglicherweise verschlechterten sich jetzt ihre ohnehin schon schlechten Chancen. Hausmann nahm Bellas Attacke nicht ernst. Sie schien ihn eher zu amüsieren.

Ach so, sagte er grinsend, hätte ich mir ja denken können. Feministin, wie? Im Alter wird der Teufel fromm! Ich sage Ihnen was, meine Liebe, und Sie können mir glauben, daß die Erfahrung eines Mannes, der seinen Verstand lange Zeit an Marx und Lenin geschult hat, darin enthalten ist: Es gibt auf der Welt nur eine Sache, die zählt: Geld. Haben Sie sich mal klargemacht, was das heißt: Mit Geld kann man alles kaufen?

Die Fenster sind nicht zu öffnen, dachte Bella. Ich könnte versuchen, sie einzuschlagen, wenn ich genug Zeit habe. Allerdings sieht es aus, als sei das Glas besonders dick. Und dann? Besser als durch den Lärm, den ich veranstalte, kann ich niemanden auf mich aufmerksam machen. Ein schönes Gefühl, abgeknallt zu werden, während man gerade halb aus dem Fenster hängt.

Ich kann alles kaufen. Und wissen Sie, was mein größtes Vergnügen ist, wenn mir mal der ewige Sex zum Hals raushängt? Linke beobachten. Diesen lächerlichen Fidél Castro zum Beispiel, wie er im feindlichen Meer steht und seine überholten Ideen hochhält, während das Wasser steigt und ihm gleichzeitig den Sand unter den Füßen wegspült. Herrlich, ich wette, er hält seine Würde aus dem Wasser, bis nur noch die Hände zu sehen sind. »Kuba wird nicht zum Kapitalismus zurückkehren, solange noch ein einziger Kommunist auf dieser Insel übrigbleiben wird.« Rührend, wie? Natürlich konnte er gar nicht anders. Er mußte seine Generäle hinrichten lassen, als sie zu tief in Rauschgiftgeschäfte verwickelt waren. Das ist übrigens eine Sache, die mich besonders amüsiert. Diese Befreiungsbewegungen, die ihre Logistik mit dem Geld aus Rauschgifthandel finanzieren und sich einbilden, sie schadeten damit den herrschenden Klassen. Aber ich komme vom Thema ab. Wollen Sie Fidéls letzte Rede hören? Ich hab sie dort zwischen den Videokassetten. Ich sammle Linke, wissen Sie. Hin und wieder sehe ich mir die Bänder an, es ist so ein schönes Gefühl, Erfolg zu haben. Oder hätten Sie lieber einen Westdeutschen? Das sind herrliche Clowns. Jeder ein kleiner Woody Allen. Ich habe da entzückende Leute mit Nickelbrille auf der Nase und irgend etwas im Kopf, das sie

Theorie nennen. Ich bin für die Praxis. In den beiden letzten Jahren haben wir die baskischen Fischer vom Zigarettenschmuggel auf Rauschgift umgestellt. Mit Zigaretten kann man doch heute nichts mehr verdienen. Den Leuten geht's inzwischen gut. Jetzt fängt die spanische Polizei an, die Motorboote zu registrieren. Aber das stört uns nicht. Wollen Sie die Listen sehen? Ich hab sie hier, ach nein, die Computer sind schon verladen. Ich kann Ihnen nur sagen, es sind herrliche Boote darunter. Das Geschäft haben wir natürlich verlegt. Im Augenblick läuft es über die portugiesische Küste, bis sich die Spanier in San Sebastian wieder beruhigt haben.

Die Küche, das konnte sie sehen, war ausgeräumt. Es stand kein Geschirr mehr dort. Die Schubladen waren halb offen, wahrscheinlich lagen dort auch keine Bestecke mehr. Auf jeden Fall muß ich nachsehen, dachte sie. Die Tür hatte von innen keinen Griff.

Vielleicht trägt der Kerl eine Waffe, die ich ihm abnehmen kann, überlegte sie und begann, Hausmann aufmerksam zu mustern.

Würden Sie mir ein Glas Wasser holen, sagte sie.

Es war nötig, daß er aufstand, damit sie ihn genauer betrachten konnte.

Tut mir leid, meine Liebe, das Geschirr ist verladen. Ich glaube nicht – er erhob sich, ging hinüber zum Bad und kam gleich darauf mit bedauerndem Gesichtsausdruck zurück. Nein, alles leer bis auf eine Flasche Sonnenöl. Das möchte ich Ihnen denn doch nicht anbieten. Haben Sie noch einen kleinen Augenblick Durst, es wird nicht mehr lange dauern, das versichere ich Ihnen.

Wieder sah er auf die Uhr.

Wo waren wir stehengeblieben? Ach ja, die Polizei. Sie sollten einmal darüber nachdenken, ach, nein, lassen Sie es, es lohnt sich nicht mehr, aber Ihre Kollegen sollten einmal darüber nachdenken, ob sie wirklich auf das richtige Pferd gesetzt haben. Ein krisensicherer Job allein reicht doch heute nicht mehr, bei dem, was die Welt an Schönheiten zu bieten hat. Gut, einige tun es ja schon. Sie ziehen die Konsequenzen und steigen bei uns ein. Unser Geschäft ist krisensicher und profitabel. Weltweit wächst das Heer der Arbeitslosen, der Unzufriedenen, der Entfremdeten, wenn Sie so wollen, und damit wachsen auch unsere Chancen! Unser Humankapital sichert eine Profitrate, von der jeder Kapitalist nur träumen kann.

Und die Leute, die durch Ihre Drogen draufgehen? fragte Bella.

Die Antwort interessierte sie nicht, aber sie hoffte, seine Redseligkeit damit noch eine Weile in Gang zu halten. Er hatte wieder zur Uhr gesehen.

Natürlich gehen welche drauf, mein Gott, dafür haben sie schöne Träume gehabt! Im übrigen, meine Liebe, Sie enttäuschen mich schon wieder mit Ihrer Gefühlsduselei! Es gibt genug

Arbeitslose, die das Zeug mit Vergnügen transportieren. Der Arbeitslose als Totengräber des Arbeitslosen, herrlich, wie? Noch kein Kapitalist hat jemals die Reservearmee zum zentralen Hebel seiner Profitmaximierung machen können. Ich kann es und werde reich dabei. Überhaupt die Kapitalisten! Sie sind doch nur das klägliche Pendant der kläglichen Linken. Achtenswerter, in gewisser Weise, sie versuchen wenigstens, in die richtige Richtung zu gehen. Aber sie verstehen nicht zu leben. Sie sind einfach zu bürgerlich, bourgeois, naja, auch die Bourgeoisie erzieht ihre Kinder. Nicht diese Marbella-Typen übrigens, Gunilla Ich-weiß-nicht-was, lederne Ziegen und ihre abgewrackten Galane, im Höchstfall gute PR-Leute für Stoff, Schickeria, die dem kleinen Mann zeigt, wie er es machen soll. Nein, die meine ich nicht. Ich meine den gewöhnlichen, strebsamen, erfolgreichen, machtgierigen Manager, den Unternehmer. Langweilige Leute – gut, wenn Sie wollen, bin ich, streng nach Marx, natürlich auch ein Kapitalist. »Unstillbarer Vampirdurst nach lebendigem Arbeitsblut« – lassen Sie »Arbeits« weg und überlegen Sie: An jeder Spritze verdiene ich.

Bella hielt ihn inzwischen für so grenzenlos eitel, daß sie versuchte, ihm eine zweite dumme Frage zu stellen, eine Frage, die üblicherweise im Kino an ähnlicher Stelle gestellt wurde, um den Gegner aufzuhalten. Ihr war eine Idee gekommen, die sie durchdenken mußte. Je länger der Schwätzer die Gelegenheit hatte, sie als Publikum für seine Egomanie zu benutzen, desto mehr Chancen hatte sie, den Handlanger, den er angekündigt hatte, zu erledigen.

Die Polizei, sagte sie, die werden Sie kriegen. Diesmal werden sie Sie kriegen.

Er hatte sie durchschaut. Er stand auf, machte eine bedauernde Handbewegung, sah lächelnd zu ihr hin, bevor er sich zum Gehen wandte.

Ja, sagte er auf dem Weg zur Tür, sie werden es jedenfalls versuchen. Das ist ihr Job. Schade, die Bucht hier war beinahe ideal. Aber wir haben uns natürlich längst etwas Neues überlegt. Auch wenn wir Geld im Überfluß haben, wollen wir natürlich nicht jedesmal unsere teuren Anlagen der Polizei schenken. Ein sehr schöner Platz erwartet mich.

Er blieb an der Tür stehen und sah zurück.

Wissen Sie, auch in der Höhle des Löwen läßt es sich eine Zeitlang gut leben, wenn man dem Löwen genug Futter gibt.

Er hatte einen Schlüssel, um die Tür zu öffnen.

Das Auf Wiedersehen erspare ich mir, sagte er. Aus verschiedenen Gründen scheint es mir nicht das richtige Abschiedswort zu sein. Sie werden nicht mehr lange warten müssen. Vertreiben Sie sich die Zeit mit den Videos, bis es zu Ende geht. Wie gesagt, Castro ist zu empfehlen. Sehr komisch.

Er öffnete die Tür und verschwand. Bella

hörte, daß er die Tür abschloß. Seine Schritte entfernten sich.

Zwei Möglichkeiten hast du, Bella Block. Du weißt nicht, wieviel Zeit dir bleibt. Welche wählst du? Beide, beide. Lauf in das Bad, die Wanne mit Wasser füllen, aufdrehen, soweit wie möglich aufdrehen, die Ölflasche, da, dreh die Kappe ab, hinstellen. Zurück in den Wohnraum, den Sessel an den Recorder schieben, reiß das Kabel aus dem Gerät, Stekker aus der Wand, das Kabel um die Metallfüße, so, kaum zu sehen, den Stecker in die Steckdose, wenn ich ihn dann dazu kriege, sich in den Sessel zu setzen, ist er erledigt, zurück, nein, zur Tür, was ist zu sehen, nichts, von hier aus nichts, das Bad, zurück, den Wasserhahn abstellen, genug Wasser. Jetzt das Öl auf den Fußboden, eine schöne große Flasche Öl, so, Vorsicht, daß du nicht fällst, o verdammt, das Licht, es ist besser, wenn im Bad kein Licht brennt, zurück zum Lichtschalter, nein, nicht, dreh die Glühbirne los, schnell, ein Glück, daß es nur eine gibt, den Rest Öl ausschütten, stell dich hinter die Tür. Warte. Langsam beruhigte sich ihr Atem.

Etwa sieben Minuten hatte sie Zeit, darüber nachzudenken, ob eine Flasche Sonnenöl oder ein Stromkabel tatsächlich, wie sie hoffte, gegen einen Mann mit einer Schußwaffe und eindeutigen Mordabsichten die geeigneten Verteidigungswaffen sein würden.

Kraft ohne Geist stürzt durch die eigene Wucht, dachte sie. Das ist eine Erfahrung, ohne die keine Frau auskommt, wenn sie gezwungen ist, sich auf körperliche Auseinandersetzungen mit den Zierden des anderen Geschlechts einzulassen. Sie werden mir ja nicht gerade ihren geistigen Supermann schicken. Falls sie so etwas überhaupt haben.

Dann hörte sie den Schlüssel im Schloß. Er wurde energisch gedreht. Sie schloß daraus, daß ihr Mörder die Absicht hatte, seine Arbeit schnell und ohne Umstände zu erledigen, und war froh, daß sie sich nicht allein auf den Sessel verlassen hatte. Dann sah sie ihn im Spiegel des Badezimmers. Er stand in der Mitte des Raumes, ein Gewehr im Arm und sah sich suchend um. Wahrscheinlich hatte er die Absicht gehabt, sofort von der Tür aus zu schießen. Seine Bewegungen waren hastig. Er hatte es eilig.

Komm schnell, schneller, dachte Bella inbrünstig hinter der Tür. Er tat ihr den Gefallen. Er rannte in das Bad und stürzte sofort. Als er auf den Boden aufschlug, löste sich aus dem Gewehr ein Schuß. Sie zerrte ihn hoch. Er war bewußtlos. Sie zerrte und schob seinen Oberkörper über den Wannenrand und hielt seinen Kopf mit aller Kraft unter Wasser. Irgendwann ließ sie ihn los. Sie nahm das Gewehr vom Boden auf, ging hinüber in den Wohnraum und schaltete auch dort das Licht aus. Sie öffnete die Tür und blieb eine Weile an der Wand neben der offenen Tür stehen, langsam und tief atmend, um den Brechreiz zu bekämpfen, der ihr zu schaffen machte. Draußen waren die Hunde mit Marías Leiche beschäftigt.

Sie brauchte fünf Minuten, bis sie begriff, daß sie mit der Leiche im Bad und Marías Leiche auf dem Platz vor dem Haus allein war. Sie begriff es in dem Augenblick, als sie in der Öffnung der Bucht, dunkel gegen das Licht des Mondes, die Silhouette eines unbeleuchteten Seglers sah, der sich schnell entfernte.

Ich werde ein Motorboot im Hafen finden, dachte sie, ein kleines Motorboot. Damit wollte er verschwinden, nachdem er mich erledigt hätte.

Ihre Annahme sollte sich später als richtig erweisen. Sie hob das Gewehr, um durch einen Schuß die Hunde zu vertreiben, ließ es aber wieder sinken. Sie wollte nicht riskieren, daß der Segler zurückkam. Es erwies sich als schwierig, die Hunde zu vertreiben, die mehr geworden waren und sich im Rudel stark fühlten. Bella lief hinunter zum Hafen, in der Hoffnung, dort im Lagerschuppen einen Spaten zu finden. Sie fand einen Klappspaten, der zu einer Schiffsausrüstung gehört hatte und vergessen worden war. Dann wurde ihr klar, daß es unmöglich sein würde, für Marías Leiche in den felsigen Untergrund ein Grab zu graben. Sie lief zurück und schlug mit dem Spaten auf die Hunde ein, die sich an Marías Füßen zu schaffen machten. Sie schlug, und die Hunde wichen jaulend ein paar Schritte zurück und blieben mit schräg gestellten Köpfen lauernd stehen.

Schakale, dachte Bella. Sie würde Marías Körper auf den Armen tragen müssen. Sie nahm den Körper auf, er war leichter, als sie gedacht hatte, und ging, von den Hunden begleitet, hinunter zum Strand. Sie ging bis ans Wasser, legte den Körper ab und sah sich nach dem Motorboot um. Es lag nur wenige Meter entfernt an der Kaimauer. Sie scheuchte noch einmal die Hunde zur Seite, lief hinüber, machte das Boot los, sprang ins Wasser und brachte das Boot, es im Wasser hinter sich herziehend, zu der Stelle, an der die Hunde erneut mit dem Körper Marías beschäftigt waren. Sie zog das Boot auf den Strand und legte die Leiche hinein. Dann begann sie, ein paar Meter vom Wasser entfernt, ein Loch zu graben. Sie weinte beim Graben. Als das Loch tief genug war, ging sie noch einmal zurück in den Lagerschuppen. Sie fand Bretter und eine Betonmischmaschine, die sie über den Sand an das Grab schleppte. Dann ging sie zum Boot, hob Marías Körper auf und trug ihn zum Grab. Sie ließ die Leiche langsam hinab und begann sofort, den Sand zurück in das Loch zu schaufeln. Als sie fertig war, legte sie die Bretter über die Grabstelle und kippte den Betonmischer auf die Bretter. Sie schob das Boot zurück ins Wasser, kletterte hinein, warf den Motor an und fuhr zurück an die Mole. Sie machte das Boot fest und begann zu warten.

Sie wartete etwa vier Stunden, in denen nichts geschah, außer, daß die Hunde den Körper des Mannes nach etwa einer Stunde aus dem Haus zerrten. Bella fiel auf, daß sie dabei nicht kläfften.

Der Angriff begann, als sich der Himmel über dem Meer türkis färbte. Obwohl sie von ihrem Boot aus keinen weiten Blick hatte, spürte sie die Veränderung, die eintrat. Vielleicht erinnerte sie sich aber auch nur daran, daß der frühe Morgen bei der Polizei für eine besonders wirksame Angriffszeit gehalten wurde. Es waren fünf Boote, die lautlos herangekommen waren und die Motoren anwarfen, als sie an der Mole vorbei die Bucht erreicht hatten. Der Lärm der auf den Strand zurasenden Boote war so überraschend und so kräftig, daß die Hunde auf dem Platz vor den Häusern erschreckt davonrannten. Der Angriff und die Landung waren gut vorbereitet und wurden planmäßig ausgeführt. Bella erkannte Kranz in einem der Boote. In der Menge der internationalen Polizisten schien er nur einer unter vielen zu sein. Sie schätzte die Truppe auf etwa hundert Mann, die sich, halblauten, scharfen Befehlen folgend, sofort auf die Häuser verteilten. Es dauerte nur kurze Zeit, bis sie die Häuser durchsucht hatten, denn sie waren so leer wie die Dachböden westdeutscher Einfamilienhäuser nach der Sperrmüllabfuhr. Bella war zu weit entfernt, um den enttäuschten Ausdruck auf den Gesichtern der Männer sehen zu können. Aber sie konnte ihn sich vorstellen.

Dann gab es ein Geschrei und einen kleinen Aufruhr vor dem Haus, in dem sie den Killer ertränkt hatte.

Hoffentlich wollte da nicht jemand ein paar scharfe Videos sehen, dachte sie.

Offenbar war aber doch einer der Männer auf die Idee gekommen, sich vor das Gerät zu setzen. Sie brachten ihn heraus, und jemand beschäftigte sich mit Wiederbelebungsversuchen an ihm. Bella sah interessiert zu und bemerkte deshalb Kranz erst, als er neben dem Boot stand.

Alles in Ordnung, fragte er, und erst jetzt fiel Bella auf, daß ihre Kleidung blutverschmiert war. Sie stand auf und streckte Kranz die Hand entgegen. Er zog sie aus dem Boot auf die Kaimauer.

Da drüben unter den Brettern am Strand liegt eine Frauenleiche, sagte sie. Es ist wohl besser, wenn sich jemand um ein Begräbnis kümmert. Ich vermute, Sie haben Platz genug an Bord, um sie mitzunehmen.

Wer ist die Frau?

Ich weiß es nicht. Vermutlich werden Sie sie in der Fahndungskartei finden. Wollen Sie mir einen Gefallen tun?

Jeden, sagte Kranz.

Ich möchte hier weg. Ich weiß, daß jetzt gleich die Verhörerei losgeht. Auf den Videos finden Sie viele Leute, die Sie nicht erwarten werden, unter anderem einen gewissen Hausmann. Er ist der, der die Sache hier inszeniert hat. Beschäftigen Sie Ihre Kollegen ein wenig, während ich verschwinde. Meine Aussage können wir doch auch in Hamburg aufnehmen. Wenn ich jetzt fahre, erreiche ich die Fähre noch.

Kranz sah einen Augenblick unschlüssig aus.

Warten Sie hier, sagte er.

Er ging hinüber, sprach mit einem jungen Mann und kam gleich darauf zurück.

Los, ins Boot, sagte er und sprang, nachdem er die Leine losgemacht hatte, hinterher.

Ich bring Sie rüber.

Was haben Sie ihm erzählt, fragte Bella, die zuließ, daß Kranz den Motor anwarf und das Boot aus der Bucht steuerte.

Ist doch egal, sagte Kranz. Oder interessiert Sie das wirklich?

Nein, sagte Bella.

Der Himmel war blau, und das Meer war blau und glatt. Ein paar Delphine sprangen eine Weile um das Boot herum, verloren dann aber das Interesse und versanken im Wasser. Bella lehnte sich zurück. Die Sonne brannte auf ihrem Gesicht. Es würde ein sehr heißer Tag werden.

Bella holte ihre Reisetasche aus der Bar, lief und erreichte die Fähre in der letzten Minute. Sie ging auf das Achterdeck und stellte sich an die Reling. Unten stand Kranz. Er winkte. Sie fand das Winken überflüssig und rührte sich nicht. Sie sah ihn lachen und wandte sich ab, weil Rauch aus dem Schiffsschornstein ihr in die Augen und in die Nase gekommen war. In einer Dusche zog sie sich um.

Es war nicht einfach, sofort einen Rückflug zu bekommen, aber sie schaffte es. In der Zeit, die ihr auf dem Flughafen blieb, las sie, weil ihr nichts anderes zu tun blieb, in Willys Aufstellungen.

Willys Papiere V

Wer nimmt Rauschgift?

Piloten Autofahrer Säuglinge
Soldaten Schickeria Kabelträger
Schwangere Frauen Gebärende Frauen
– nein, ich hab keine Lust mehr!

Ich versichere Ihnen: alle Bevölkerungskreise.

Allerdings scheint es mir, als seien die Armen stärker betroffen. (Zu Ihrer Orientierung: In der Bundesrepublik gab es im Sommer 1990 ca. 4 Millionen Sozialhilfeempfänger, nicht gerechnet die DDRler nach dem Anschluß.)

Der Rauschgiftbedarf der BRD wird auf 3 – 4 Mrd. DM jährlich geschätzt (erhöht sich natürlich durch die Übernahme des ehemaligen DDR-Gebiets).

Wer schmuggelt?

Rentner	Polizisten
Priester	Urlauber
Kinder	Adlige
ehrbare Kaufleute	Soldaten
Botschafter	Camper
Nonnen	Gehörlose
Generäle	Beamte ...

Ersparen Sie mir, die Liste fortzuführen. Sie können jedenfalls mit Sicherheit davon ausgehen, daß es keine Gruppe Mensch gibt, die nicht für Rauschgiftschmuggel anfällig wäre.

Transportmethoden

(Besonders originelle Großbehälter wie Schiffe, PKWs und LKWs usw. erwähne ich nicht.)

- in Bonbons
- in Ananasdosen
- im Magen von Schwangeren
- in den Schuhen eines Fußballschiedsrichters
- im Frühstückspaket von Schülern
- im Diplomatenkoffer
- unter Blumen
- zwischen Erdnüssen
- in Kokosnüssen
- in Kürbissen
- in ausgestopften Kalbsköpfen
- mit Brieftauben
- in Prothesen

- in toten Säuglingen
- Versand über Militärpostämter
- als geflochtene Tragetaschen (Haschisch)
- unter Einlegesohlen
- im Bauch hölzerner Nashörner
- sämtliche Körperöffnungen
- als Bauteile für Sonnenkollektoren

Die Liste ließe sich fortsetzen. Da ich mich schneller langweile als die Journalisten Ihrer Zeitung, die immer wieder mit wahrer Begeisterung neue Verstecke melden, beende ich sie hier. Wir können beruhigt davon ausgehen, daß es nichts gibt, in dem Drogen nicht transportiert werden.

Erfolge

September 89/Lissabon: Bedeutendes internationales Netz des Drogenhandels zerschlagen
Dezember 89/Allgäu: Bedeutender Schlag gegen das organisierte Verbrechen
Januar 90/Bayern: Fünf griechische Rauschgifthändler festgenommen
Februar 90/Mexiko meldet die Beschlagnahme von 500 Tonnen Marihuana und 650 Kilo Heroin und Opium, von Vermögenswerten in Höhe von 15 Milliarden Dollar im Jahr 1989, dazu 10.000 Festnahmen
Februar 90/Palermo: Festnahme zahlreicher Mitglieder eines Rauschgiftrings
Februar 90/Mosbach: Internationaler Rauschgiftring zerschlagen usw., usw.

Fazit: Angesichts der Tatsache, daß Drogenhandel und Drogenkonsum unverdrossen zunehmen, sind die sogenannten Erfolge lächerlich.

(Könnte es sich auch um ein Arbeitsbeschaffungsprogramm für die Polizei handeln? Vielleicht eine Art Spiel? Oder ist die Polizei eine Art Scheinfirma zu Übungszwecken? Aber wofür üben die dann?)

Die »Geldwäscher«

Ursprünglich wollte ich Ihnen detaillierte Informationen über Geldwaschanlagen und Investitionsgebaren der Drogenmafia geben. Ich verzichte darauf, um Sie nicht zu langweilen und gebe als Zusammenfassung aller Fakten ein paar Sätze eines gewissen Amendt[1] wieder:

»Es gibt kein Ober- oder Untergrundkapital. Es gibt nur ein Kapital, das sich bei seiner Vermehrung zu verschiedenen Zeiten unterschiedlicher Methoden bedient, ständig zwischen Legalität und Illegalität schwankend. Illegalität ist nur ein anderer Ausdruck für erhöhtes Risiko ... Die Organisationsformen von Mafia, Cosa Nostra und Camorra unterscheiden sich von denen einer Aktiengesellscchaft, einer GmbH oder einer Kommanditgesellschaft nur durch das Einzugsverfahren. Die einen schicken ein Rollkommando, die anderen einen Zahlungsbefehl.«

Ich versichere Ihnen, das trifft die Sache

[1] Günther Amendt: Sucht, Profit, Sucht. Reinbek bei Hamburg, 1990

glänzend und ist so gut formuliert, daß ich es nicht besser könnte. (Das einzige, was ich bedaure, ist, daß meine Professoren nie so etwas Schönes sagen. Ich würde die Vorlesungen sicher regelmäßiger besuchen.)

Das Vorgehen gegen sogenannte Geldwäscher und Geldwaschanlagen ist so ungeheuerlich zögerlich, daß einem schon deshalb die größten Bedenken an der Ernsthaftigkeit der staatlichen Bemühungen kommen könnten. Wenn überhaupt jemand tätig wird, scheint es darum zu gehen, daß besondere Methoden zur Ausschaltung der Konkurenz entwickelt werden von der Gruppe des Kapitals, die gerade die Regierungsmacht ausübt.

Der Weltumsatz im Drogengeschäft wird zur Zeit auf 500 Mrd. Dollar geschätzt.

Sie werden ab sofort allem Gerede über härtere Maßnahmen gegen Geldwäscher aus dem Drogengeschäft nur noch mit einem müden Lächeln begegnen können.

Die Bonner Drogenpolitik ist bankrott. Die Zahl der Toten wird weiter steigen. 1988 starben 52% mehr Menschen am Rauschgiftkonsum als 1987. 1989 starben 40% mehr Menschen am Rauschgiftkonsum als 1988, insgesamt etwa 1.000.

Zum Vergleich: 1989 starben etwa 7.700 Menschen bei Verkehrsunfällen. Die Zahl wird 1990 höher sein, weil die ehemaligen DDR-Bürger endlich ihr Recht auf Freiheit nutzen.

Die Möglichkeit, daß es in Zukunft einmal aus Drogenkonsum mehr Tote geben wird als aus Verkehrsunfällen, ist dennoch nicht auszuschließen. Ich vermute, daß man irgendwann einfach aufhören wird, öffentlich zu zählen.

Die in letzter Zeit Mode gewordenen nationalen und internationalen Drogenkonferenzen haben (ich versichere es Ihnen) keine positiven praktischen Folgen für die Drogenabhängigen und würden das Drogengeschäft nicht verringern.

Zum Abschluß ein Wort zu den **ehemals sozialistisch genannten Ländern:** Ohne Ihrer Frau Mutter, die ich kennenlernen durfte und die eine reizende alte Dame ist, zu nahe treten zu wollen (im übrigen hat sie sich mir gegenüber doch relativ aggressiv verhalten, jedenfalls, was die Werbung für bestimmte radikale Ideen betraf): Die Situation in diesen Ländern unterscheidet sich in Kürze von der unseren nur noch dadurch, daß die Profite für Drogenhändler möglicherweise dort nicht so hoch sind wie hier. Es wird geschätzt, daß sowohl in den USA als auch in der UdSSR etwa 10 Prozent der Bevölkerung alkoholabhängig sind. Es gibt keinen Grund anzunehmen, daß die Entwicklung im Rauschgiftbereich anders verlaufen könnte.

Die UdSSR hat mit der BRD-Regierung ein Abkommen »über die Zusammenarbeit beim Kampf gegen den Mißbrauch von Sucht- und psychotropen Drogen und deren unerlaubten

Verkehr« geschlossen. Ein ähnliches Abkommen mit den USA ist geplant.

Ich hoffe, daß Ihnen nach Durchsicht der Daten und nach einem Gespräch, in dem ich Ihnen für Fragen zur Verfügung stehe, klar werden wird, daß es sinnlos ist, sich mit Fällen zu befassen, in denen Rauschgift eine Rolle spielt.

Als Bella in Hamburg aus dem Flugzeug stieg, empfing sie heftiger, kalter Wind, der ihr gefiel. Vor dem Flughafen wartete Willy mit dem Wagen. Bella warf die Reisetasche auf die Rückbank und setzte sich auf den Beifahrersitz. Auch wenn sie nicht so hundemüde gewesen wäre, wie sie war, hätte sie Willy den Wagen fahren lassen. Willy war verrückt nach schnellen Autos. Als sie nicht anfuhr, sah Bella zu ihr hinüber. Willy sah prüfend zurück.

Ehrlich gesagt, sagte Willy, Sie sehen ja furchtbar aus. Sehen Sie in den Spiegel. Im Handschuhfach liegt eine Flasche. Ich habe mir erlaubt, eine dieser wunderschönen silbernen Taschenflaschen zu kaufen. Sollte eine Überraschung sein. Aber mir scheint, daß Sie dringend einen Schluck Wodka nötig haben.

Bella sah in den Spiegel und stellte fest, daß sie vergessen hatte, Marías Blut von ihrem Gesicht zu waschen. Sie begann, ihre Gesichtshaut mit den Fingerspitzen zu reiben.

Das meine ich nicht, sagte Willy.

Bella nahm die Flasche aus dem Handschuhfach, legte sie aber gleich wieder zurück.

Fahren Sie nach Hause, Willy. Reden Sie ein bißchen. Gab's irgend etwas Besonderes, während ich weg war?

Willy fuhr an.

Das Übliche, antwortete Willy, und zwei DDR-Mütter, denen die Männer weggelaufen sind, als die Grenze noch geschlossen war. Ist mir unklar, weshalb die die Kerle wiederhaben wollen.

Willy bremste scharf, um nicht bei Rot über die Kreuzung zu fahren.

Nanu, sagte Bella, seit wann sind Sie so vorsichtig?

Ach, nur weil wir inzwischen ein paar Strafmandate bekommen haben.

Wir, sagte Bella und lächelte.

Und? frage Willy.

Bella sah sie fragend an.

Naja, ich meine, haben Sie gelesen, was ich Ihnen aufgeschrieben hatte?

Bitte, Willy, sagte Bella. Lasen Sie uns morgen darüber sprechen, ja?

Entschuldigung, antwortete Willy leise und nahm die nächste Kurve so sanft, daß Bella zum zweiten Mal lächelte.

Der Tag war besonders schwül gewesen. Gegen Abend näherten sich die Frauen dem Haus, nackt und mit blau bemalten Brüsten. Die Männer, die den Nachmittag trinkend auf der Veranda verbracht hatten, empfanden es als Erleichterung, ihre Kleider ablegen zu können. Bevor sie das Haus mit den Maschinen verließen, wickelten ihnen die Frauen Bast um die Füße und rieben ihnen die Geschlechtsteile mit blauer Farbe ein. Während sie hinunterstiegen zu der Höhle, die eine halbe Stunde Fußweg vom Haus entfernt lag, lachten sie.

Vor dem Eingang der Höhle standen Menschen, Männer und Frauen in armseligen Kleidern, die ihnen entgegensahen. In ihrer Mitte hielten sie einen Betrunkenen, einen jungen Mann, der einen dünnen Pullover mit der Aufschrift »University of San Francisco« trug. Nacheinander betraten Männer und Frauen die Höhle. Als der Student an die Steinplatte geführt wurde, auf der er gegen Morgen geschlachtet werden sollte, drang für einen Augenblick, bedingt durch die plötzliche Kühle, eine Ahnung von dem, was ihm zugedacht war, in sein benebeltes Hirn. Er versuchte zu laufen, eher zu torkeln, ohne eine bestimmte Richtung einzuschlagen. Er wurde gefesselt und auf die Steinplatte gelegt, bevor er mehr als ein paar Schritte getan hatte.

Cortés, sagte einer der bemalten Männer, während sie zusahen, wie der Student gefesselt wurde, wißt ihr, was Cortés gesagt hat? Ich und meine Gefährten leiden an einer Krankheit des Herzens, die nur mit Gold geheilt werden kann. Herrlich, was?

Aber die anderen hörten schon nicht mehr

zu. Während sich die Menschen in den zerlumpten Kleidern an den Wänden der Höhle auf den Boden gekauert hatten, hatten die Nackten zu tanzen begonnen. Erst sehr viel später mischten sich auch die Zerlumpten unter die Tanzenden. Nur einer, ein kleiner, schwarzhaariger Mann, der einen Pappkoffer hielt und ihn während der Nacht nicht aus den Händen ließ, beteiligte sich nicht am Tanz.

> Und die ganze Nacht führten sie dem
> Tlaloc einen Tanz auf.
> Und wenn der Morgen dämmerte,
> wurde der Tlaloc geopfert.

Gegen Morgen verließ der Mann mit dem Pappkoffer die Höhle und machte sich zu Fuß auf den Weg zur nächsten Eisenbahnstation. Er bestieg zusammen mit anderen Auswanderern einen Waggon des Zugs, der sie in das Land bringen würde, in dem es Arbeit gab.

Der Waggon stand acht Tage auf einem Abstellgleis bei Brownsville/Texas, bevor Bahnbeamte, durch einen Streckenwärter aufmerksam gemacht, ihn aufbrachen. Er enthielt neunundvierzig Flüchtlinge, Auswanderer aus Mexiko, die verdurstet waren. Zwischen den Toten lag ein Mann, in dessen Pappkoffer man fünf Kilo Heroin fand.

Galgenberg-Krimi

»Selten hat mich ein Krimi so gefesselt wie dieser – ein Meisterstück der psychologischen Kriminalliteratur.«

Stuttgart live

»Die Autorin hat mit ihrer Mörderin und der Kommissarin Bella Block zwei ›Gegenspielerinnen‹ erfunden, die es nicht mehr nötig haben, ›es‹ den Männern zu zeigen. Während die eine sich mit überzeugender Selbstverständlichkeit für Vergewaltigung und Demütigung rächt, verzichtet die andere mit ebenso überzeugender Selbstverständlichkeit auf die Aufklärung dieser Verbrechen.«

Emma

»Es gibt Bücher, die sind *Satz für Satz* so spannend und außer Atem, daß man um jede Seite trauert darum, daß sie schon vorüber ist. Und schon wünscht man sich den Schluß in weite Ferne. Damit die Lust kein Ende nimmt. ... Ein feministischer Kriminalroman? Wenn's denn unbedingt ein Etikett haben muß: auch das. Jedenfalls der erste, der mich seit Wahlöös ›Mord im 31. Stock‹ nicht gelangweilt hat.«

Konkret

»Diese Schilderung ist derart dicht und bestürzend, daß sie wie eine Verheißung für das ganze Buch funktioniert ...«

Nürnberger Nachrichten

»Doris Gercke gelingt es, Spannung und Witz, Boshaftigkeit und erbarmungslose Schilderung dörflichen Alltags so zu verbinden, daß am Ende ein Krimi steht, der allen Anforderungen des Genres gerecht wird und weit darüber hinausgeht.«

Pflasterstrand

Doris Gercke
Nachsaison

132 Seiten,
gebunden
ISBN 3-925387-46-3

»Nachsaison« heißt das eben erschienene Buch, in dem es um einen abgeschnittenen Arm geht und um die Detektivin Bella Block, eine nicht mehr junge, etwas mollige Frau mit einer Vorliebe für Wodka und russische Lyrik, die gerade in Italien zu tun hat. Klar, daß Bella den Fall löst, nebenbei fällt sogar eine kleine Affäre ab mit Paolo, einem »außerordentlich taktvollen« italienischen Kellner. Nichts Ernstes natürlich, aber eine Kostverächterin war sie nie. Für nette Erlebnisse hat die pfiffige Ermittlerin immer etwas übrig.
In den Krimis von Doris Gercke sind die Verhältnisse verdreht: was in Männerbüchern Männer treiben – der smarte Kommissar mit hübschen Mädeln –, treibt Bella Block mit tollen Typen. In »Nachsaison« läßt sie sich von einem spanischen Putzmann verwöhnen, und in »Weinschröter« vernascht sie einen jungen Kollegen. Bewußt etwas anderes machen will Doris Gercke gar nicht. Sie hat kein feministisches Programm im Kopf, das sie den Büchern überstülpt . . . *Deutsches Allgemeines Sonntagsblatt*

Doris Gercke
Moskau, meine Liebe
136 Seiten, gebunden
ISBN 3-925387-59-5

Was als sentimentaler Wochenendtrip beginnt – Bella ist auf den Spuren ihres unehelichen Großvaters –, entwickelt sich zu einer komplizierten Sex-and-Crime-Story . . .
. . . Dabei gerät die Detektivin in den Moskauer Sumpf von Prostitution und Mädchenhandel, macht Bekanntschaft mit Schiebern und Schlägern und kehrt natürlich am Ende wohlbehalten nach Hamburg zurück.

taz

Doris Gercke
Der Krieg, der Tod, die Pest
160 Seiten, gebunden
ISBN 3-925387-69-2

In diesem Milieu kann die Autorin ihre speziellen Talente entfalten: Mit präzisen Beschreibungen und stimmigen Dialogen schafft sie Atmosphäre und gibt ihren Figuren den Atem der Authentizität.

Der Spiegel

Und Bella Bock, die in Doris Gerckes ersten Romanen noch als Hoffnungsträgerin einer weiblichen Geschlechtsjustiz den einen oder anderen männlichen Übeltäter eigenhändig niedermachte, verfügt nunmehr nur noch über größere Einsicht. Früher sah Doris Gercke Bella Bock sich zu »einer Art weiblichem Marlowe« entwickeln, heute findet sie »Detektivfiguren lächerlich, jedenfalls, wenn man es ernst meint«.

Die Welt

Es ist Doris Gerckes vierter und bisher bester Krimi.

Brigitte

Gabriele Wolff
Kölscher Kaviar
136 Seiten,
gebunden
ISBN 3-925387-65-X

Gabriele Wolffs Hauptfigur ist Beate Fuchs, seit 2 Jahren Staatsanwältin. In ihrem Aktenberg stößt sie auf einen »Routine«-Versicherungsbetrug. Ein anonymer Brief und ein Mord machen den Alltagsvorgang zum brisanten Fall und die junge Gesetzeshüterin zur Schnüfflerin im Milieu der Verdächtigen.
»Es reizt mich oft, dem, was ich in den Akten lese, selber nachzugehen«, gesteht Gabriele Wolff. Aber: »Meine Bedenken sind dann doch zu groß. Denn das ist ja völlig ungesetzlich.« Erlaubt ist das nur im Roman, und Gabriele läßt ihrer Heldin freien Lauf in Sachen unerlaubter Ermittlungsmethoden.
»Kölscher Kaviar« ist das erste Buch der Autorin und Staatsanwältin Gabriele Wolff. Fein säuberlich hat sie für ihre 131-Seiten-Story recherchiert: Seit 5 Jahren bei der Duisburger Staatsanwaltschaft, wo sie arbeitet, und seit 15 Jahren in Köln, wo sie lebt. Treffend schildert sie den Mief der Amtsstuben, in denen Kalender mit Geburtstagseintragungen zur Wohnlichkeit beitragen. Oder die Luxemburger Straße, an der sich Justizpalast und Uni-Center einen Wettstreit in puncto Häßlichkeit liefern.

Kölner Express